E-Book inside

Dieses Buch enthält einen individuellen Code, mit dem Sie sich einmalig kostenlos eine E-Book-Ausgabe herunterladen können.

1. Gehen Sie auf: www.conbook-verlag.de/ebookinside
2. Lesen Sie sich die dort aufgeführten Hinweise sorgfältig durch.
3. Wählen Sie dann Ihr gewünschtes E-Book-Format und tragen Sie Ihre E-Mail-Adresse und den in dieses Buch eingedruckten Code ein.
4. Wir schicken Ihnen daraufhin einen Downloadlink an die angegebene E-Mail-Adresse, mit dem Sie das E-Book herunterladen und dann auf Ihr Gerät übertragen können. Bei Amazon-Kindle-Nutzern erfolgt der Versand des E-Books direkt auf den Reader.

Wir wünschen Ihnen viel Freude beim Lesen.

Ihr CONBOOK Verlag

MARC HOFMANN

ALLES KANN WARTEN

EIN ROADTRIP

1. Auflage

www.conbook-verlag.de

Lektorat: Silke Lübbers
Einbandgestaltung: Ivana Matuzović
Satz: David Janik
Druck und Weiterverarbeitung: CPI books GmbH, Leck
Dieses Werk wurde vermittelt durch die Literaturagentur Kai Gathemann.

Printed in Germany

ISBN 978-3-95889-109-8

Meinen Eltern

Well, we made a promise we swore we'd always remember
No retreat, baby, no surrender
Like soldiers in the winter's night
With a vow to defend
No retreat, baby, no surrender

Bruce Springsteen – *No Surrender*

1

Robert sitzt bereits auf der Treppe und wartet auf mich. Das ist untypisch. Noch vor Kurzem wäre diese Szene völlig anders abgelaufen. Robert wäre mit mindestens halbstündiger Verspätung in seinem Jaguar Cabrio vorgefahren – wegen eines Notfalls in letzter Minute. Nein, noch vor Kurzem hätte das alles überhaupt nicht stattgefunden, weil er gar keine Zeit gehabt hätte.

»*Hey, Mary*«, rufe ich ihm zu. »*You ain't a beauty, but you're alright.*«

»*Roy Orbison, singing for the lonely, hey that's me*«, zitiert Robert Bruce Springsteens *Thunder Road* weiter, bevor er sich schlaff erhebt.

Dass wir 1985, also mit 13, Bruce Springsteen-Fans wurden, ist zugegeben kaum bemerkenswert. Der Mann war zu der Zeit so berühmt und erfolgreich wie Michael Jackson. Dass man über 25 Jahre später immer noch Bruce-Springsteen-Fan ist, das ist schon wesentlich schwerer zu erklären. Da wirkt man schnell wie einer dieser bemitleidenswerten Herrschaften über 40, die nur noch Musik aus ihrer Jugend hören und Sachen sagen wie: »Es gibt sowieso keine guten Bands mehr«. Besonders schwierig wird das alles, wenn man zusätzlich auch noch in Berlin lebt. Altmännerrock und Berlin, das passt irgendwie nicht. Wenn man schon glaubt, sich all dem Techno-, House-, Tech-House- und Dubstep-Quatsch verweigern zu müssen und mit voller Absicht noch nie im Berghain war, dann muss man mindestens auf zauselige, bärtige Amerikaner stehen, die ihre Alben in Waldhütten in Montana aufnehmen. Oder auf britische Nerdbands, deren Mitglieder nur halb so alt sind wie man selbst, und die sich mit gewöhnungsbedürftigen Stimmen quer durch die Musikgeschichte zitieren. Mit Bruce Springsteen disqualifiziert man sich gleich, da ist es für die Hipster aus Kreuzberg nur noch ein kleiner Schritt zur Volksmusik. – Ich muss jemanden wirklich gut kennen, bevor ich mich als Fan oute.

Robert schnappt sich seine Umhängetasche und kommt die Treppe herunter.

»Ist das dein ganzes Gepäck?«

»Jap, mehr brauche ich nicht.«

Wir gehen zu meinem Volvo und steigen ein.

»Bereit?«, frage ich.

»Bereit, wenn Sie es sind, Sir.«

Wir fahren los in Richtung Friedrichshain.

Robert und ich kennen uns seit der Mittelstufe. Er gehörte im Gymnasium – im Gegensatz zu mir – von Anfang an zu den Beliebten, Gutaussehenden und Erfolgreichen. Und dann war er auch noch gut in Sport. Es war eigentlich ekelhaft, aber weil er so nett und hilfsbereit war, konnten ihn einfach alle leiden. Selbst die Nerds und Außenseiter.

Irgendwann setzte sich Robert in Französisch neben mich.

Er stellte sich mir vor, obwohl ich natürlich wusste, wer er war, und dann sah er mich an: mit dieser Mischung aus aufrichtigem Interesse und der festen Überzeugung, dass ich etwas Besonderes sei. Ich weiß noch, dass mir beinahe schwindlig davon wurde. So hatte mich noch nie jemand angesehen und schon gar kein Mann. Man wünscht sich, von seinem Vater so angeschaut zu werden, doch das ist mir nie passiert. Bevor ich Robert kennenlernte, war ich ein Niemand. Danach gehörte ich dazu. Mit einem Mal hatte ich die Gruppe der Unsichtbaren und Unwichtigen verlassen und die Seiten gewechselt.

»Wie gehts?«, frage ich.

Robert sitzt noch immer mit geschlossenen Augen da.

»Ich habe meine Freundin und meine überteuerte Wohnung in Charlottenburg verloren und riskiere hier gerade meinen Job. Sonst aber wirklich gut, danke.«

»War etwas kurzfristig, was?«

»Das kann man wohl sagen!« Robert schüttelt den Kopf, als könne er selbst nicht fassen, dass er das wirklich macht.

Robert ist Assistenzarzt in der Unfallchirurgie der Charité. Er ist mit diesem Beruf verheiratet und auf dem besten Weg, es in den nächsten Jahren seinem Vater gleichzutun und Chefarzt zu werden.

»Ich glaube, die waren gerade noch auf dem Anrufbeantworter, aber ich habe es mir nicht mehr angehört«, sagt Robert.

Ich pfeife anerkennend.

Robert schaltet demonstrativ sein Handy aus.

»Jetzt mach doch keinen Scheiß«, sage ich, als ich das sehe, »dafür hast du doch so viel gerackert. Das wolltest du doch immer.«

Er schnaubt verächtlich. »Pass auf, was du dir wünschst – oder wie geht dieser Spruch?«

Ich schüttle den Kopf. Das passt so gar nicht zu Robert, der immer den direkten Weg zum Tor gesucht und gefunden hat.

»Wie ist deine neue Wohnung?«, frage ich nach einer Weile.

»Scheiße. 14 Quadratmeter hat mein Zimmer. Gestern wollten die mich gleich zum Spüldienst einteilen. Noch ein Grund mehr, mich erst mal zu verpissen.«

Ich muss lachen. Robert ist so überstürzt ausgezogen, dass er auf die Schnelle nichts anderes gefunden hat als eine Studenten-WG in der Nähe der Klinik.

»Und Kathrin?«, frage ich.

»Was soll mit ihr sein? Sie wohnt jetzt alleine in unserer Wohnung, die ich übrigens immer noch abbezahle, hat dauersturmfrei und kann sich jeden Tag ihren Stecher einladen. Ohne schlechtes Gewissen.«

»Ich dachte, die sehen sich nicht mehr?«

»Behauptet sie. Was weiß ich denn?«

»Blöde Kuh«, sage ich. Wie kann sie Robert das antun?

»Jap«, sagt er.

In irgendeinem verstaubten und schwer zugänglichen Teil meiner Seele verspüre ich einen Anflug von Neid auf Robert. Eine Art Das-will-ich-auch-Gefühl: eine kleine Wohnung, noch mal von vorne anfangen, Freiheit. Es muss ja nicht unbedingt eine WG sein.

»Ich habe schon ewig nicht mehr mit Immel gesprochen«, sagt Robert.

»Das ist kein Wunder, du arbeitest ja nur.«

»Was macht er denn?«

»Er versucht, möglichst wenig Geld auszugeben. Und er ist, glaube ich, schon seit einem Vierteljahr mit dieser älteren Frau vom Fernsehen zusammen.«

Robert lächelt gequält.

»So, jetzt aber genug geredet«, sage ich und halte ihm die CD-Hülle von *Born to Run* hin.

»Na endlich«, erwidert er und gleich darauf ertönt das Klavierintro von *Thunder Road,* unserem rituellen Auftaktsong bei jeder längeren Autofahrt.

And the screen door slams, Mary's dress sways, like a vision she dances across the porch as the radio plays, Roy Orbison singing for the lonely, hey that's me and I want you only …

2

Eine Dreiviertelstunde später stehen wir in Friedrichshain vor dem Haus, in dem Immel wohnt. Natürlich ist er nicht da. Robert schaut erst genervt und dann auf seine Uhr.

»Lass doch«, sage ich, »wir haben doch Zeit.«

»Stimmt eigentlich«, entgegnet er. »Daran muss ich mich erst gewöhnen.«

Immel ist der einzige Mensch, bei dem mich Unpünktlichkeit nicht nervt. Es gehört bei ihm einfach dazu.

Während wir also erwartungsgemäß auf Immel warten, biete ich Robert eine Zigarette an. Er nimmt sie, obwohl er eigentlich gar nicht raucht.

Robert, Immel und ich haben mehrere Gemeinsamkeiten. Wir sind alle drei nach der Schule vom Schwarzwald nach

Berlin gezogen. Wir stehen alle auf Popmusik. Und ich meine damit nicht, dass wir gerne Radio hören und uns alle drei Monate eine CD im Elektrodiscounter kaufen. Wir sind so richtige Spinner, vor allem Immel und ich. Wir können uns stundenlang über Albentitel, Cover oder Bandbesetzungen auslassen, ohne dass es uns jemals langweilig würde. Und wir haben selbstverständlich alle drei ein Problem mit unseren Vätern, auch wenn Robert das für sich nie zugeben würde.

Irgendwann biegt Immel um die Ecke.

»Na, ihr Knallchargen!«, ruft er.

Natürlich entschuldigt er sich nicht, dass er uns eine halbe Stunde hat warten lassen.

»Bin gleich da!«

Kurz nachdem Robert und ich uns kennengelernt hatten, zog Immel mit seinen Eltern in unser Kaff. Es blieb natürlich nicht unbemerkt, welche Prominenz aus Funk und Fernsehen da in unser beschauliches Schwarzwalddorf zog und die Aufregung im Ort war groß. Der riesige, aber bestürzend hässliche Neubau war gerade fertig geworden, da kamen schon die Umzugslaster. Und unter den Augen unzähliger Schaulustiger traf irgendwann auch die Familie ein.

Ich war fast ein wenig aufgeregt, als Immels Vater kurze Zeit später mit seiner offenbar überaus erfolgreichen Schlagerkapelle bei der ZDF-Hitparade auftrat. Schlager, das war der Feind, schlimmer ging es für uns nicht. Aber tatsächlich! Es war der Vater meines neuen Klassenkameraden, der da mit unverwechselbarer Lockenpracht hinter seinem albernen Umhängekeyboard herumkasperte. Im Alltag, und das muss man ihm unbedingt zugutehalten, trug er allerdings kein türkisfarbenes Sakko.

Immels Mutter sah aus wie eine C-Promi-Karikatur. Overdressed, over-the-top, over-ich-weiß-nicht-was-noch-alles und oben drauf noch viel zu viel Schminke. Sie stakste ungelenk und mit unpassendem Schuhwerk durch den noch nicht asphaltierten Schlamm vor dem Haus, dort wo später zwei marmorne Löwen einer Sphinx gleich den Eingang bewachen sollten. Immels Mutter hatte da schon diesen leicht benebelten Blick von Alkohol, Tabletten oder beidem – wie eigentlich die nächsten Jahre immer, wenn ich sie sah.

Immel hatte es bedingt durch seine Erblast zu Beginn nicht leicht an unserer Schule. Es war eine Mischung aus Neid auf das Geld seines Vaters und Spott darüber, womit er es verdient hatte.

Robert und mir fiel Immel erstmals auf, als er mit einem Springsteen-Album über den Schulhof lief. Es war natürlich das sperrige *Nebraska*, nicht *Born in the U.S.A.*, das damals alle hörten, und das ihm wahrscheinlich zu sehr Mainstream war.

»Du hörst den Boss?«, fragte Robert ihn anerkennend.

Immel sah uns an, sah Roberts Blick auf ihm ruhen und wusste, dies war der Moment, der darüber entschied, ob er hier genauso ein Freak sein würde wie an seiner alten Schule.

»Kann man allen Ernstes etwas anderes hören?«, fragte er.

Zehn Minuten später kommt Immel zurück mit einer Tasche und einem über ein Meter hohen Turm aus bemalten Holzwürfeln.

Er trägt ein verwaschenes Motörhead-T-Shirt und zerschlissene Jeans. Seine Locken stehen in alle Himmelsrichtungen ab. So lief er schon mit 16 rum. Was Immels Namen angeht, so geht der auf den gleichnamigen Ersatznationaltorhüter aus den Achtzigern zurück, denn Immel hatte damals dieselbe Frisur wie er.

»Sagt mal Jungs, ich habe hier dieses Ding verkauft und könnte das direkt beim Käufer abliefern. Das wäre nur ein kleiner Umweg, okay?«

Seit Immel wegen des ganzen geerbten Geldes kein Arbeitslosengeld mehr bekommt, muss er hin und wieder tatsächlich eines seiner Kunstwerke verkaufen.

»Auch dir einen guten Tag, lieber Immel.«

»Äh, ja, hallo allerseits.« Wir umarmen uns.

»Wohin denn?«, frage ich.

»Dresden«, sagt Immel. »Liegt ja sowieso fast auf dem Weg.«

Ich schaue Robert an. Der schaut wieder auf die Uhr, seufzt und zuckt mit den Schultern.

»Also gut. Was solls«, sage ich.

»Bombe. Also Männer, wer erkennt als Erster fünf Filme auf dem Ding?«

Jetzt erst bemerke ich, dass auf jede Würfelseite Szenen aus Filmklassikern gemalt sind. Als Erstes sehe ich Audrey

Hepburn. Das war klar. Immel vergöttert sie, seit ich ihn kenne.

»Psycho, Der unsichtbare Dritte, Frühstück bei Tiffany«, sagt Robert tonlos.

»Der weiße Hai, Chinatown«, ergänze ich.

»So will ich euch«, sagt Immel.

Wir steigen ein und fahren los in Richtung Dresden. Immel sitzt hinten. Robert hat schon früher nie hinten gesessen, er musste nicht mal *Shotgun* rufen, das war einfach so.

Ich weiß nicht, wann wir zuletzt etwas gemeinsam unternommen haben, geschweige denn einfach losgefahren sind. Das ist sicher bald 20 Jahre her. Ein paar Tage Zeit. Nur wir drei. Blödsinn reden, Musik hören, zu viele Zigaretten rauchen. Ich muss grinsen.

I'm taking a ride with my best friends.

3

Nachdem wir Immel zu uns in die letzte Reihe aufgenommen hatten, dauerte es nicht mehr lange und wir drei verbrachten fast unsere gesamte Freizeit zusammen. Später dann immer öfter nur Immel und ich, denn Robert wechselte in jenem Sommer in die A-Jugend des SC Freiburg, weshalb er unter der Woche viermal abends trainierte und am Wochenende spielte.

Immel und ich waren Seelenbrüder. Uns war beiden recht schnell klar, dass uns irgendetwas auf mysteriöse Weise miteinander verband. Vielleicht hatte es mit den verkorksten Beziehungen zu unseren Vätern zu tun, auch wenn es das alleine eigentlich nicht sein konnte. Wir sprachen und dachten ähnlich, interessierten uns für die gleiche Musik, Filme und Bücher. Oft genügte ein Blick und wir wussten, was der andere dachte oder gleich sagen würde. Der Unterschied lag in unseren verschiedenen Temperamenten. Er war der eloquente Clown und ich der eher introvertierte Denker.

Wir sehen eine Frau mit Hund auf dem Gehweg, die mit einer Schaufel dessen Haufen in eine Plastiktüte füllt.

»Seht euch das an!«, schreit Immel. »Weit haben wir es gebracht: Berlin, die hipste Stadt Europas, versinkt im Hundekot. Das ist das Resultat aus vier Millionen Jahren menschlicher Entwicklung. Die Krone der Schöpfung, pah! Wenn Außerirdische das sehen könnten, was würden sie denken, wer hier auf der Erde das Sagen hat? Der, der die Scheiße anderer wegmacht ja wohl nicht!«

Robert und ich lachen.

»So, Ladys. Wir sind schließlich nicht zum Spaß hier«, sagt Immel und reicht ein Kräuterpfeifchen nach vorne.

Robert nimmt sie entgegen.

»Hey, *Dr. House*«, sagt Immel mit dieser typischen Stimme, wenn man den Rauch gerade inhaliert hat, aber trotzdem schon beginnt zu reden. »Ich fasse es nicht, dass du wirklich hier sitzt.«

»Wieso?«, grummelt Robert.

»Paul hat ja so etwas angedeutet, aber ich konnte es nicht glauben. So mitten in der Woche und ohne mehrmonatige Vorlaufzeit. Ich bin einfach überrascht. Überrascht und entzückt. Wie kommts?«

Robert atmet schwer ein und wieder aus.

»Sag du es ihm, Paul!«

»Er hat sich zwar inoffiziell bei seinem direkten Vorgesetzten entschuldigt, aber ansonsten ist er heute einfach nicht hingegangen. Eigentlich braucht man eine Urlaubsgenehmigung.«

Immel zieht Luft durch die Zähne. »*Wow! Didn't think you'd have it in you, son.*«

Ich vermute, das sollte eine John-Wayne-Parodie sein, aber ich weiß nicht, wie der im Original geklungen hat.

Robert, muss man wissen, ist aus irgendeinem Grund, den ich wohl nie erfahren werde, ein riesiger John-Wayne-Fan. Dass der Schauspieler privat eher ein reaktionärer Arsch gewesen sein soll, blendet er dabei bemerkenswert geschickt aus. Robert jedenfalls blickt sich erstaunt um und bedenkt Immel mit einem anerkennenden Nicken.

Immel lehnt sich zurück, legt die Arme ausgestreckt auf die Rückenlehne und grinst.

»Wow, Robert. Das ist gut. *Evolution, Baby.* Das hätte ich nicht gedacht, dass du so etwas bringen könntest. Hammer.«

Robert starrt bereits wieder düster aus dem Fenster auf die Häuser von Neukölln.

»Und sonst?« Immel beugt sich vor und klopft mir auf die Schulter. »Der Herr Lehrer, wie läufts denn so?«

»Und sonst?«, empöre ich mich gespielt. »Geht es noch flacher? Sollen wir auch noch über das Wetter reden, oder was?«

»Weißt du«, sagt er, »es kommt noch so weit, dass irgendwann gar niemand mehr etwas sagt. So wie Robert. Der scheint ja auch nicht mehr so viel zu reden.«

Robert schnaubt genervt und schüttelt den Kopf.

Die Frotzelei zwischen Immel und Robert war nie so groß gewesen wie zwischen Immel und mir. Die beiden haben sich immer gut verstanden und Robert ging auch immer auf Immels spezielle Art der Guerillakommunikation ein, aber nie so ausdauernd wie ich. Immel und Robert haben schon in der Schulzeit und auch später kaum jemals etwas zu zweit unternommen. Immels Anarchomentalität und Roberts Zielstrebigkeit konnten sich nur mit mir als so einer Art Adapter miteinander verbinden.

Aber, und das habe ich erst viel später verstanden, Robert genoss unsere Gesellschaft von Anfang an, weil er mit uns so sein konnte, wie ihm das bei sich zu Hause nie möglich war. Einfach er selbst, ohne Erwartungen, ohne Vorgaben, ohne Druck.

»Also Paul«, sagt Immel, »Schluss mit der Geheimniskrämerei, warum musst du unbedingt zu deinen Eltern?«

Ich presse die Lippen zusammen und sage undeutlich: »Ich weiß es nicht genau. Mein Vater will mich wohl sprechen.«

Dieser Satz klingt sehr seltsam aus meinem Mund. Man könnte ihn in einer Quizshow über meine Familie als eine der leichteren Fragen ganz am Anfang verwenden:

Frage: Albert Großmann will seinen Sohn sprechen. Was stimmt nicht mit diesem Satz?

Antwort: Albert Großmann wollte kaum jemals mit seinem Sohn sprechen.

»Hat er das gesagt?«, fragt Immel.

»Nein, meine Mutter vor ein paar Tagen. ›Mach, bevor es zu spät ist‹, hat sie gesagt.«

»Hm«, macht Immel. »Das klingt ernst.«

Immel sagt eine Weile nichts, vielleicht weil er wartet, ob von mir noch etwas kommt. Er weiß um die Brisanz dieses ganzen Themas, aber ich habe keine Lust mehr darüber zu reden und so streckt er plötzlich eine CD nach vorne.

»Robert! Ich habe hier den Soundtrack zu deiner Verfassung gebrannt. Auch wenn ich da noch nicht wusste, dass du gerade deinen Job aufs Spiel setzt. Gibt es eigentlich auch Lieder über Arbeitslosigkeit? Na ja, fürs Erste habe ich hier aber die *Best of Trennungslieder Volume 1.* Ich dachte, die Konfrontation mit einem Problem ist immer noch die beste Strategie.«

Robert blickt entsetzt nach hinten.

»Meinst du, das ist eine gute Idee?«, frage ich Immel. »Der befindet sich gerade in der Schockphase. Was du da vorhast, ist psychologisch völliger Unsinn. Damit richtest du am Ende noch schlimme Schäden an.«

»Aber vielleicht hilft es ihm, seine Gefühle zu artikulieren«, meint er.

»Ich will meine Gefühle nicht artikulieren, ihr Penner«, sagt Robert gereizt. »Ich will hier still vor mich hin leiden und sonst nichts. Ich erhoffe mir von der Rückkehr in die Heimat die Heilung meiner Seele. Bis dahin verlange ich, dass ihr mich in Ruhe lasst. So, können wir jetzt bitte – wie andere Männer auch – über Fußball oder die Finanzkrise reden und nicht über meine *Gefühle?*«

»Oho«, johlen Immel und ich.

»Du weißt schon«, sagt Immel, »dass die Seele eine alte Pottsau ist?«

»Und du weißt auch«, sage ich, »dass nach Nietzsche die Rückkehr nach Hause die schlimmste Niederlage ist, die einem Mann widerfahren kann? Es ist das Eingeständnis vor sich und der Welt, dass man verkackt hat.«

»Das weiß ich selber«, sagt Robert leise und blickt den Kopf an die Scheibe gelehnt ausdruckslos zum Fenster hinaus, »dass ich verkackt habe, dazu brauche ich deinen Nietzsche nicht und eure schlauen Sprüche zweimal nicht.«

»Also los, die CD rein jetzt, ich will das hören!«, fordere ich.

Robert stöhnt geschlagen.

Der erste Song ist *Alone Tonight* von Genesis, eine an sich schon gewagte, für Immel aber geradezu bizarre Wahl.

Ich blicke mich spöttisch um. Selbst Robert kann sich ein Grinsen nicht verkneifen.

Ich will gerade meinen Mund zu einem sarkastischen Kommentar öffnen, da grätscht Immel mir bereits in die Parade.

»Ich weiß schon, was du sagen willst, du elitärer Akademikerarsch, so ein Lied kommt natürlich in deinem engen Kosmos nicht vor, der ist ja nicht satisfaktionsfähig, der Herr Collins. Aber ich sag dir mal was, du Musikfascho! Ich habe mir zur Aufgabe gemacht, dieses Popgenie zu rehabilitieren. Der sitzt da frustriert am Genfer See herum und fragt sich, wie es so weit kommen konnte, dass er mittlerweile für alles verantwortlich gemacht wird, was an den Achtzigern schlimm war. Diese Liedauswahl ist meine symbolische Verbeugung vor einem der ganz Großen. Aber ich weiß nicht, ob du in deiner Engstirnigkeit in der Lage bist, eine derart revolutionäre Wahrheit zu begreifen.«

Immel lehnt sich atemlos zurück.

Ich grinse. So ist Immel: immer für eine Überraschung gut, immer gegen den Zeitgeist. Phil Collins. Du meine Güte.

Immel war schon immer ein Wahnsinniger und das, was man als Problemkind bezeichnete. Er legte sich mit Lehrern an, wurde beim Ladendiebstahl und ohne Führerschein mit dem Auto erwischt. Aus allem redete er sich irgendwie heraus. Man konnte ihm nicht böse sein. Selbst die meisten Lehrer, die er mit seiner Kritik konfrontierte, ließen ihm das immer wieder durchgehen, weil er sie so clever und charmant vorbrachte, dass seine jeweiligen Gegenüber allen Groll fahren und Milde walten ließen. Und zu kritisieren hatte er bei den Lehrern immer etwas, von der Kleiderwahl, dem Musikgeschmack, der Art des Unterrichts bis hin zur politischen Gesinnung. Erst allmählich dämmerte uns, dass wir mit Immel einen über die Maßen gegenkulturell eingestellten Charakter in unserer Mitte hatten. Sein künstlerisches Talent hat ihm dann ein Alibi geliefert, einen offiziellen Grund, warum er bis heute jede Art einer geregelten und bürgerlichen Existenz ablehnt. Bürgerlich heißt für ihn, verlogen und materialistisch zu sein, und dass das so ist, liegt an seinem Elternhaus.

Help me reach the other side, cos I know I'm gonna be on my own again tonight.

»Hört ihr das?«, Robert zeigt zum ersten Mal so etwas wie Temperament. »So gehts mir, ihr unsensiblen Eumel.«

»Siehst du«, sagt Immel, »ich wusste doch, dass dir das hilft, deine Gefühle zu sortieren.«

»Da gibt es nichts zu sortieren. Mein Dasein wird dominiert von einem einzigen Gefühl, einem Gefühlsmonolith, auf den Stanley Kubrick neidisch wäre. Um das zu erkennen, brauche ich euch zwei Experten sicher nicht. Aber das Lied ist trotzdem gut. Ewig nicht gehört.«

»Wie auch?«, fragt Immel. »Du hörst ja keine Musik mehr. Paul hat mir erzählt, dass du unlängst deinen Plattenspieler weggeworfen hast, weil er keinen Platz mehr hatte im Ikea-Wohnzimmerregal.«

Robert blickt mich düster an.

»Was erzählst du dem denn alles?«

Ich hebe beschwichtigend die Hände. »Es war mir einfach wichtig, dass Immel das weiß. Denn es hat ja durchaus eine symbolische Dimension, das mit dem Plattenspieler.«

»Ich kam eh nie zum Musikhören.«

»Na und, aber Wegwerfen hat so etwas Endgültiges«, sagt Immel. »So nach dem Motto ›Weg mit diesem pubertären Kram, da bin ich jetzt drüber hinaus‹. Das schmeckt schon sehr nach Kapitulation.«

»Kathrin hat ewig an dem Thema rumgemacht und irgendwann habe ich halt nachgegeben. Die wollte da irgendetwas anderes hinstellen, so Dekokram«, sagt er leise.

Immel und ich blicken uns im Rückspiegel an und runzeln gleichzeitig die Stirn.

Robert und Kathrin waren etwa so lange zusammen wie Alex und ich. Sie ist mittlerweile Stationsschwester an der Charité. Robert hatte sie während seines Krankenpflegepraktikums kennengelernt.

Kathrin war damals schon einige Zeit Krankenschwester und so etwas wie eine Legende unter den Medizinstudenten. Bevor man irgendetwas anderes über das Praktikum wusste, hatte man mit Sicherheit schon von dieser tollen Schwester in der Chirurgie gehört. Es gab die wildesten Gerüchte, die Fantasie der strebsamen Medizinstudenten spielte verrückt. Es war aber natürlich unser Robert, der sie sich am Ende krallte und bald war Schluss mit den Gerüchten. Uns war klar, dass Robert sie bekam, denn er bekam alles, was er wollte.

Ich weiß nicht, ob er das jemals schamlos ausnutzte, denn Robert ist kein Arschloch und soviel ich weiß, war er Kathrin auch immer treu.

Aber ich würde nicht meine Seele darauf verwetten, dass Roberts Interesse an Kathrin *nicht* hauptsächlich durch ihren Ruf unter den Medizinern geweckt wurde. Dass er sie einfach haben *musste,* allein schon deswegen, weil sie die schönste Frau im Haus war. Ehrgeiz lag bei ihm in der Familie. Darin unterschied er sich deutlich von Immel und mir.

»Und was ist mit dir, Immel?«, frage ich. »Wie läuft es mit ... – wie heißt deine Freundin?«

»Thea. Wir ...«

Plötzlich schreit Robert, sodass ich zusammenzucke: »Argh, ich Narr. Wenn ich daran denke, was ich für diese Frau getan habe!«

Eine Weile spricht niemand.

»Wie kam denn das mit dem Typen überhaupt ans Licht?«, will Immel wissen.

»Na, sie hat es mir erzählt«, antwortet Robert.

»Und dann?«, fragt Immel.

»Wie, und dann?«, Robert zuckt mit den Schultern. »Sie meinte, sie mag ihn sehr, aber ob sie ihn liebt, weiß sie nicht, und ebenso wenig, wie es jetzt weitergehen soll.«

»Na bravo«, sage ich. »Und was soll man jetzt damit anfangen? Also, wenn man du ist?«

Robert blickt mich an.

»Na, so schwer ist das ja auch nicht«, mischt sich Immel wieder ein. »Da muss man halt mal kurz drüber nachdenken. Wie kommt sie auf so eine Idee? Was hat ihr der Neue vielleicht gegeben, was sie von dir nicht mehr bekommen hat? Solche Fragen könnte man sich stellen. Aber du bist ja nicht so der *Analyzer,* stimmts?«

»Was weißt du denn darüber, Domian?«, blafft Robert ihn an. »Bist du jetzt der Beziehungsexperte, weil du es zum ersten Mal geschafft hast, länger als zwei Monate mit jemandem zusammen zu sein, oder was?«

»Ja, was meinst du denn, warum das bei mir nicht geht? Weil ich nicht an die Paarbeziehung glaube und an die Kleinfamilie erst recht nicht. Und wenn ich mir euch zwei Vögel so anschaue, liege ich damit offenbar gar nicht so falsch.«

»Wieso mich denn?«, empöre ich mich.

»Zu dir kommen wir noch«, sagt er drohend.

Wir blicken schweigend aus dem Fenster. Die Stadt haben wir hinter uns gelassen und zu beiden Seiten der Autobahn erstrecken sich die Felder Brandenburgs.

Neil Young singt: *Only love can break your heart.*

4

Wieso hast du Kathrin denn eigentlich verlassen?«, frage ich Robert nach einer Weile. »Nur wegen dieses Seitensprungs?«

»Was heißt denn *nur?*«, fragt er zurück. Er starrt düster ins Leere. »Ich habe mir vorgestellt, dass sie all die Sachen mit dieser Pfeife macht, die sie sonst mit mir gemacht hat, und das war nicht gut für mich.«

»Du meinst früher, als ihr noch Sex hattet«, wirft Immel ein, doch Robert ignoriert ihn.

»Ich habe ja versucht, alles zu vergessen und ihr irgendwie zu verzeihen, aber wenn ich die Augen zugemacht habe, kamen diese Bilder. Außerdem haben das ja aus irgendeinem Grund Kollegen in der Klinik mitbekommen. Wahrscheinlich hat der Wichser auf der Inneren damit geprahlt. Was glaubt ihr, wie man sich fühlt, wenn plötzlich hinter deinem Rücken getuschelt wird und in der Cafeteria die Blicke hin und her schießen, wenn man reinkommt?«

»Da hat sich manch einer wohl sehr gefreut, dass du auch mal einen aufs Dach bekommen hast«, sage ich.

Robert blickt mich verblüfft an.

»Wieso?«

»Wieso?«, frage ich zurück. »Na, erstens hast du dir die schönste Frau der Charité gekrallt, dann rast du mit Bestnote durchs Studium und jetzt die Karriereleiter hoch und wirst von *der* Chirurgenkoryphäe überhaupt protegiert, die auch noch der beste Freund deines Vaters ist. Das ist doch nur eine Frage der Zeit, bis du Oberarzt und irgendwann Chefarzt wirst. Der Pressler ist ja auch schon alt, oder?«

Robert wendet seinen Blick ab.

»So habe ich das noch nie gesehen.«

»Och, Jungchen«, meldet sich Immel wieder von hinten, »was bist du aber auch manchmal naiv. Was denkst *du* denn? Wenn jemand Neid auf sich zieht, dann ja wohl du.«

Robert denkt nach.

»Ja, stimmt eigentlich, Immel. Und wieso tut sie *mir* das dann an? Und betrügt *mich* mit dieser Wurst?«

»Mann, der Fall ist doch völlig klar!«, ruft Immel. »Das war der Beziehungscrashtest. Du bist ihr zu sehr abgeschlafft. Die wollte dich noch mal aufrütteln, bevor es ernst wird – mit Kindern und allem.«

»Wie lange wolltet ihr eigentlich noch warten mit den Kindern?«, frage ich. »Du bist 42, Kathrin ist 40. Das wäre jetzt sowieso mal höchste Zeit geworden.«

Robert starrt mich finster an.

»Sorry, ich weiß, das ist ein heikles Thema, aber du wolltest doch noch ein Kind mit ihr, oder?«

Robert war noch im Zivildienst, da wurde seine damalige Freundin Saskia schwanger. Das war natürlich nicht vorgesehen im Karriereplan seines Vaters und der hat wirklich einiges versucht, um die Geburt dieses Kindes oder zumindest Roberts Verbindung damit zu verhindern. Aber Saskia wollte das Kind und Robert zahlt seither brav seine Alimente, hat aber ansonsten mit den beiden nichts zu tun.

»Außerdem, sei doch froh«, sagt Immel, »das verschafft dir noch ein wenig Zeit.«

»Wie, Zeit?«, fragt Robert.

»Na, die nächsten 30 Jahre waren doch schon vorprogrammiert: Kinder, arbeiten wie bekloppt, abbezahlen. Die Dinge besitzen dich, statt andersherum. Du vergisst den Vornamen deiner Frau, sie deinen, weil ihr euch nur noch mit *Papa* und *Mama* anredet. Wenn ihr leidenschaftlichen Sex in einem Film seht, fühlt ihr euch beklommen, Midlife-Crisis, das Klassikerprogramm halt.«

Robert blickt ins Nichts.

Ich auch. Immels Worte treffen auch mich hart.

»Statistisch gesehen hättet ihr euch mit fünfzigprozentiger Wahrscheinlichkeit eh irgendwann scheiden lassen«, fährt Immel ungerührt fort. »Das ist doch Wahnsinn, sich darauf einzulassen. Man würde sich doch nicht in ein Auto setzen, wenn man wüsste, die Chance, dass man die Fahrt mit einem Totalschaden beendet, liegt bei *50 Prozent*. Und wenn ihr zu *den* 50 Prozent gehört hättet, die zusammen bleiben, hättet ihr euch vermutlich betrogen oder gegenseitig zermürbt oder beides.«

Wir passieren den Zemminsee.

If you're so terribly good-looking, why do you sleep alone tonight?, singt Morrissey.

»Fuck«, ruft Robert. »Auch noch das Lied. Ich dachte, du hättest zumindest eine ironische Brechung eingebaut und da kommt jetzt *Don't Leave Me this Way* oder *I Will Always Love You*. – Ich glaube, das ist mir alles zu ernst hier.«

»Ruhig, Brauner«, beruhigt ihn Immel. »Das wird schon, auch wenn das natürlich eine berechtigte Frage ist, die der Herr Morrissey da stellt, oder Robert?«

5

Ah, Immel, kommt doch rein.«

Wir stehen auf den Stufen zu einem alten Herrenhaus nördlich von Dresden. Der Mann, der uns die Tür öffnet, ist nackt. Er ist um die 60 und hat graue, halblange, nach hinten gekämmte Haare. Mit Klamotten wäre er eine Art Dandy.

»Super, dass ihr da seid. Hast du die Würfel dabei? Wollt ihr was trinken?«

Bevor wir antworten können, macht er sich an einer Bar zu schaffen und schenkt vier Gläser Whisky ein.

Immel zeigt auf sein Kunstwerk, das er neben den Wohnzimmereingang gestellt hat.

»Ah, super«, freut sich der Mann. »Sehr schön. Super, Immel, ganz toll. Hier dein Entgelt.«

Immel steckt das Kuvert ein, ohne nachzusehen.

»Super, dass du deine Freunde mitgebracht hast.«

Er schüttelt uns die Hand.

»Ich bin der H. D. Super, dass ihr da seid. Ihr esst natürlich mit uns.«

In dem Moment öffnet sich eine weitere Tür zum Wohnzimmer und eine Frau kommt herein. Sie scheint etwa im gleichen Alter wie wir zu sein, hat schwarze kurze Haare, trägt kurze Jeansshorts und ein graues Oberteil und ist *äußerst attraktiv.*

Sie grüßt und geht an uns vorbei zur Bar. Wir bemerken, dass die Rückseite ihres Oberteils einen Schlitz aufweist, durch den zwei über den ganzen Rücken tätowierte Engelsflügel zu sehen sind.

»Ach du Scheiße.« Robert wendet sich entsetzt Immel und mir zu.

»Oh nein«, murmle ich.

»Ich bin verliebt«, sagt Immel.

Sie kommt mit einem Glas Whisky zu uns.

»Hi, ich bin Asia.«

Wir stellen uns artig vor.

»Und ihr seid Immels Kumpels aus dem Schwarzwald? Wer von euch ist der mit dem Liebeskummer? Sicher du!«, wendet sie sich Robert zu. Der sieht sie entgeistert an.

»Na, komm mal mit!« Sie nimmt Robert an die Hand. Er dreht sich zu uns um und macht ein ratloses Gesicht. Ich sehe, wie Immel Robert zunickt und gönnerhaft grinst.

Ich blicke zu Immel. Der muss das alles schon vorher arrangiert haben. Erst die CD, dann das. Was ist mit Immel los? Seit wann ist der so überaus empathisch? Und was sind das hier für Leute?

»So Jungs, Lust auf Pasta?«, fragt H. D. »Aber vorher unbedingt noch mal die Gläser auffüllen. Super, super.«

Er ist immer noch nackt. Er führt Immel und mich in die Küche, verschwindet einige Minuten und kommt in einer Golfhose und einem Poloshirt darüber zurück.

»Asia ist eine Meisterin, die wird euren Kumpel schon wieder aufpäppeln. Super. Zum Wohl.«

Ich überlege, was er damit meinen könnte und frage: »Ist sie deine Frau?«

H. D. lacht. »Nein, das nicht. Sie ist meine Gespielin und ich ihr Galan. Aber wir sehen das alles nicht so eng. Wir sind polyamor.«

Dieser Satz macht mir ein wenig Angst, aber da habe ich schon ein Messer in der Hand und stehe vor einem Haufen Zwiebeln, die zu schneiden ich wohl gerade aufgefordert wurde.

»Wohlsein, Jungs. Super, dass ihr da seid«, unterbricht H. D. meine Gedanken. Es ist das vierte Glas Whisky in kürzester Zeit und ich habe langsam den Verdacht, dass wir heute nicht mehr weit kommen werden. Ich wanke aus der Küche, um nach Robert zu schauen und finde ihn im Garten mit Asia ins Gespräch vertieft. Sie sitzen allen Ernstes auf einer Hollywoodschaukel. Ich wusste gar nicht, dass es die noch gibt. Robert gestikuliert wild mit den Armen, während sie ihm mitfühlend zuhört. Der ist mal gut versorgt, das wird ihn ablenken, denke ich. Ich sehe hinaus in den Garten, der eigentlich eher ein verwucherter Park ist.

Immel haut mir auf die Schulter.

»H. D. hat uns eingeladen, hier zu pennen, gehst du damit d'accord?«

»Wenn du mich so schön fragst.« Ich lege meinen Arm um seine Schulter. »Ich kann sowieso nicht mehr fahren. Was ist der H. D. eigentlich für einer?«

»Der ist bei einem Plattenlabel oder so. Ich habe ihn auf einer Vernissage in Berlin getroffen. Viel mehr weiß ich auch nicht.«

Wir betrachten die beiden Flirtenden vor dem Fenster.

»Jungs, Lust auf eine kleine Party?«, hören wir H. D. hinter uns.

6

Auf dem Wohnzimmertisch hat H. D. einige Linien mit weißem Pulver hergerichtet.

»Gleich kommt noch Besuch.«

»Ui, schön«, ruft Immel und reibt sich die Hände, als er sieht, was H. D. da vorbereitet hat. Mir wird etwas mulmig. Koks. Ich erinnere mich dunkel an ein oder zwei Versuche während des Zivildienstes oder im ersten Semester, auf jeden Fall vor Gretas Geburt. Ich weiß nicht mal mehr, wann ich das letzte Mal gekifft habe – von den zwei Zügen vorhin im Auto abgesehen. Und jetzt das!

Immel blickt mich fröhlich an.

»Na, Herr Studienrat, wie steht's?«

»Ich weiß nicht, Immel.«

»Na komm, Alex verwirklicht sich selbst, die Mädchen brauchen dich nicht mehr. *Time Waits for No One.*«

Mein Zwerchfell prickelt. Dass auf dieser Fahrt, allein schon durch Immels Anwesenheit, nicht alles planbar sein würde, war eigentlich klar. Ich merke aber gerade, wie sehr mich das freut. Ich denke kurz an meine drei Frauen zu Hause. Alex sitzt sicher gerade am Computer und sieht sich die Aufnahmen des Tages an. Was hatte sie heute noch mal für einen Auftrag? Die Fotos für die Versicherung? Oder war das letzte Woche? Keine Ahnung. Anouk macht sicher Hausaufgaben oder chattet oder beides und Greta ist vielleicht bei Max.

Max, der den Mund beim Reden nicht richtig aufbekommt vor lauter Coolness, und der einen fürchterlichen Musikgeschmack hat.

Ich denke an den letzten Krach mit Alex. Worum ging es noch mal? Ich weiß es nicht mehr. Irgendetwas Bescheuertes. Einkaufen, Haushalt.

Das gibt meinem Über-Ich den Rest und sorgt für seine Kapitulation. Das habe ich mir jetzt mal verdient. Ich beschließe, dieser Nacht einfach ihren Lauf zu lassen. Ich setze mich auf den Boden vor dem Wohnzimmertisch.

Wir konsumieren die illegale Substanz.

Dass es so schnell gehen würde, hätte ich nicht gedacht. Irgendetwas in meinem Kopf leuchtet. Ich grinse Immel an. Mein Herz rast etwas zu schnell, aber sonst geht es mir so gut wie lange nicht.

Immel beginnt irgendetwas von Wurmlöchern und der Stringtheorie zu faseln. H. D. redet über Wurstherstellung und ich höre den beiden fasziniert zu, wie sie eine hitzige Debatte simulieren, in Wirklichkeit aber nicht nur komplett aneinander vorbei, sondern über zwei völlig unterschiedliche Themen sprechen.

Immer wieder kommen jetzt Menschen zur Tür herein, manche stellen sich mir vor. Es wird laut. Irgendjemand hat Musik aufgelegt. Japanese Easy Listening, Krautrockklänge und die unvermeidlichen Dubstep-Rhythmen schweben an mir vorbei. Ich schlendere durchs Haus, schaue mir die Menschen an, wie sie feiern, sich treiben lassen, tanzen. Ich bleibe immer mal wieder stehen, um entweder etwas zu beobachten oder einfach ins Nichts zu starren. Es kommen wenig zusammenhängende Gedanken zustande, aber ich bin trotzdem oder gerade deshalb aus irgendeinem Grund sehr zufrieden. Glücklich gar. Wann habe ich mich das letzte Mal einfach so über etwas gefreut? Am Leben zu sein. Nichts zu müssen. Etwas Unerwartetes zu erleben.

Ich höre, wie Immel sich hektisch mit einer Mexikanerin in einer mir unbekannten Sprache unterhält.

»Das ist der Wahnsinn«, schreit er mir ins Ohr. »Ich spreche gar kein Spanisch und sie kein Deutsch und kaum Englisch, aber wir reden jetzt schon seit einer halben Stunde. Ich glaube, sie arbeitet für ein Drogenkartell oder macht einen Sprachkurs, ich bin mir nicht ganz sicher. Vielleicht heiraten wir.«

Robert wankt uns entgegen. Er legt die Hände über Immels und meine Schultern.

»Ich bin verliebt und sexualisiert gleichermaßen. Diese Asia ist die tollste Frau, die mir je begegnet ist.«

»Dr. Robert«, sagt Immel. *»The sky is the limit.«*

»Excuse me, while I kiss the sky«, sagt Robert und verschwindet wieder.

Plötzlich finde ich mich in einer Unterhaltung mit einem Typen wieder, der mir von seinem Witch-House-Projekt erzählt.

»Ich will Musik herstellen, die Menschen Angst macht«, sagt er.

Mit Angst kenne ich mich aus, denke ich. Die hat mich meine ganze Kindheit begleitet. Und ich weiß nicht mehr, was schlimmer war als Kind: *ganz* alleine im Haus zu sein oder alleine *mit meinem Vater* im Haus zu sein.

Plötzlich kommen etwa ein Dutzend schwarz gekleideter Menschen herein, Männer und Frauen. Die Männer tragen Staubmäntel, Cowboystiefel und Hüte, die Frauen sehen aus wie Sharon Stone in *Schneller als der Tod.*

Sie stellen sich in zwei Reihen auf. Aus den Boxen kommt eine Liveversion von Johnny Cashs *Folsom Prison Blues* und sie fangen an zu tanzen. Es sieht aus wie eine Mischung aus Squaredance und diesem Wave-Tanzstil aus den Achtzigern, bei dem die Tänzer wie in Zeitlupe mit weit ausladenden Schritten imaginäre Geldstücke vom Boden aufheben. Es ist mit Abstand das Coolste, was ich je gesehen habe. Ich will sofort Mitglied dieser Bewegung werden. Ich muss die unbedingt fragen, ob man da mitmachen kann. Doch zwei Sekunden später habe ich diesen Vorsatz bereits vergessen und stakse auf wackeligen Beinen nach draußen.

Robert steht nackt am Rand des Pools. Er ruft: »Ich bin ein goldener Gott« und hüpft ins Wasser, wo eine ebenfalls nackte Asia schon auf ihn wartet.

Ich suche Immel. Er ist weg. Immel ist immer weg, wenn man ihn braucht.

Ich kann nicht sagen, wie es dazu kommt, aber mit einem Mal sitze ich mit dem Boss der Cowboys mit Whisky in der Hand auf der Hollywoodschaukel. Er stellt sich mir als Steve vor, aber seinem sächsischen Akzent nach zu urteilen, heißt er in Wirklichkeit wahrscheinlich eher Stefan.

Er erzählt mir von seiner Faszination für den Wilden Westen.

»Wenn man in der DDR aufgewachsen ist und einigermaßen bei Trost war, gab es nur eins, wovon man träumte. Und das waren sicher nicht Russland oder diese albernen sozialistischen Indianerfilme mit Gojko Mitić. Obwohl man ja selbst über *die* froh war. Es gab ja nichts anderes.«

»Und, hast du diese Bildungslücke mittlerweile geschlossen?«, frage ich. »Was ist dein Lieblingswestern?«

Es war Roberts John-Wayne-Manie, die der Auslöser dafür war, dass wir uns während unseres Zivildienstes sicher mehr als 40 Westernklassiker angesehen haben. Wir konnten eine ganze Weile überhaupt nichts anderes mehr schauen. Immel hat sich nach drei oder vier Filmen mit den Worten »Ihr habt sie doch nicht mehr alle« ausgeklinkt, aber ich muss sagen, dass ich mittlerweile mit einigem Stolz auf diese Leistung blicke.

»Ganz oben steht für mich *Rio Bravo,* den hab ich sicher zehnmal gesehen«, sagt Steve.

Ich lächle in die Nacht.

»Erinnerst du dich an die Szene, wo die drei eingeschlossen sind, alles ist hoffnungslos und dann beginnen Dean Martin und Ricky Nelson dieses Lied zu singen?«

Ich nicke. »Wen *das* kalt lässt, mit dem stimmt etwas nicht«, sage ich in der Hoffnung, dass ihn das freut.

»Genau!«, ruft er. »Ich würde sogar sagen: Eine Frau, die diese Szene nicht albern findet, darf man nie mehr ziehen lassen. So habe ich es gemacht.«

Interessant, denke ich. Ich habe mit Alex nie einen Western angeschaut. Das hätte ich vielleicht mal tun sollen.

»Mein Lieblingswestern ist *Red River*«, sage ich.

Steve zieht die Luft durch die Zähne ein.

»Ganz groß«, bestätigt er. »Shakespeare. Da gehts ums Ganze.«

Wir sehen versonnen dem Treiben im Pool zu.

Ich denke darüber nach, wie das Verhältnis zwischen John Wayne und Montgomery Clift in *Red River* dem zwischen mir und meinem Vater ähnelt. Ich glaube, mein Vater hat das pädagogische Konzept, dass die Kinder ihre Eltern,

Lehrer oder Mentoren überflügeln sollten und ein Mentor nur dann gut sei, wenn das gelinge, nie so ganz verstanden. Ich glaube, er *wollte* von mir enttäuscht sein. Wenn mir etwas misslang, hat es ihn bestätigt. Wenn nicht, hat er es ignoriert.

In *Red River* fängt John Wayne an, seinen Ziehsohn als Konkurrenten zu betrachten, dessen Erfolg er um jeden Preis verhindern möchte. Ich denke an meinen Vater.

Ich war elf oder zwölf. Wir hatten mit 4 : 1 gegen den Nachbarort gewonnen, ich hatte alle vier Tore geschossen. Meiner Mutter habe ich voller Stolz davon erzählt. Sie hat sich gefreut und hat mich an der Hand genommen, sodass ich es meinem Vater erzählen konnte. Er war hinter dem Haus und reparierte Hasenställe. Ich sagte es ihm. Er sah nicht mal auf.

7

Jungs, was wollt ihr trinken?«

Eine Frau steckt ihren Kopf zwischen uns. Ihre Hände hat sie auf unsere Schultern gelegt.

»Ich bin die Gabi.« Sie streckt mir ihre Hand hin.

Gabi sieht aus wie Marianne Sägebrecht in einer Nebenrolle eines Films, der im Working-Class-Milieu von Minnesota spielt.

»Seid ihr bereit?«, fragt sie.

Steve nickt und fordert mich mit einer Kopfbewegung auf, wohin auch immer mitzukommen. Wir gehen in die Küche.

Dort sitzt bereits allerhand Volk um einen runden Tisch. Und da ist auch Immel wieder.

»Paul!«

»Immel, auch du mein Sohn?«, sage ich, ohne zu wissen, worum es hier geht.

»Immer.«

Auf dem klebrigen Tisch stehen Bierflaschen und eine Flasche Wodka sowie etliche Schnapsgläser.

»Wir spielen Wahrheit oder Pflicht in der Stripversion«, informiert Gabi Immel und mich. »Seid ihr dabei?«

Wir scheinen die Einzigen zu sein, die in dieses Spiel eingewiesen werden müssen.

»Fuck«, presst Immel hervor und er klingt dabei wie Ben Kingsley in den *Sopranos* als er merkt, dass Christopher Moltisanti im selben Flugzeug sitzt wie er.

»Das kann doch nicht wahr sein jetzt«, stöhne ich und schaue zu ihm. Er strahlt mich an.

»Wir sind dabei!«, höre ich Immel rufen.

Am Tisch sitzen noch: Steve, Gabi, Gabis kopftuchtragender Bikerfreund Charly, Sven, ein weiteres Mitglied der Cowboytanzgruppe, Harald, ein großer, dünner Typ aus Hoyerswerda, H. D., Claudia und Svetlana, zwei der Sharon Stones, wobei Svetlana deutlich zu gut aussieht für diese Art von Abendunterhaltung.

Die meisten sind schon deutlich übersteuert. Ein Setting wie in einem Pornofilm, denke ich besorgt.

»Ein Setting wie in einem Pornofilm«, flüstert Immel mir ins Ohr und reibt sich grinsend die Hände.

Harald und Steve setzen sich mit Bier und Whisky an die Bar und schauen zu.

»Die Regel ist die«, erklärt Gabi, »jeder bringt eine Anekdote aus seinem Leben oder eine Tatsache über sich, irgendetwas Peinliches oder Wahnsinniges, und die anderen müssen entscheiden, ob wahr oder erfunden. Wenn die Mehrheit richtig liegt, muss der, der dran ist, ein Kleidungsstück ablegen.«

»Was ist mit dem Wodka?«, frage ich.

»Getrunken wird immer«, antwortet Gabi, und Charly, der Biker, lacht heiser.

»So, neuer Süßer«, sie meint mich. »Du beginnst!«

Kurz werde ich panisch, weil mir nichts einfällt. Doch dann entsinne ich mich einer Begebenheit, von der ich noch nie jemandem erzählt habe. Jetzt scheint ein guter Zeitpunkt dafür.

»Also gut. Ich bin mit zwölf an einem See, an dem ich mit meinen Eltern Urlaub gemacht habe, an eine Oben-ohne-Frau herangetaucht, habe ihr mit beiden Händen und mit voller Absicht an die Brust gefasst, und bin wieder weggetaucht.«

Großes Gejohle allenthalben. Die meisten stimmen für *Richtig*. Ich trinke einen Wodka und ziehe einen Schuh aus.

»Der Freund des Busenmanns ist dran«, sagt Claudia.

»Ich habe einem völlig betrunkenen Bekannten einen Kühlschrank auf den Rücken tätowiert«, sagt Immel.

Da die Mehrheit auf *Falsch* tippt, darf Immel alles anbehalten. Ich starre ihn amüsiert an. »Das musst du mal erzählen.«

»Ein andermal.«

»Ich hatte schon mal Sex mit einem Tier«, behauptet Charly der Biker.

Die Mehrheit tippt auf *Falsch,* Charly legt sein Kopftuch ab und entblößt eine tätowierte Glatze.

»Ich habe nie Unterwäsche an«, gesteht Claudia. »Auch jetzt nicht.« Alle tippen auf *Richtig.* Sie darf alles anbehalten. Oh je. Der Abend nimmt eine mehr als bedenkliche Wendung.

»Ich habe schon mal jemandem einen Finger abgeschnitten«, sagt Sven, der Cowboy. Wir tippen auf *Falsch* und zum Glück muss er etwas ausziehen.

H. D. sagt: »Ich habe in meiner Zeit beim Plattenlabel mit mindestens drei euch allen bekannten Popsängerinnen geschlafen.«

Natürlich glauben wir ihm und auch er zieht sein Poloshirt aus, sagt aber, trotz heftiger Proteste, nicht, wer sie waren.

Eineinhalb Stunden später, mittlerweile sehen uns eine ganze Reihe Leute zu, sitzen wir mächtig derangiert am Tisch. Ich trage nur noch meine Jeans, Immel noch seine Unterhose. Die schöne Svetlana stellt sich als hochgradig hartgesotten heraus. Ihr osteuropäischer Akzent tut sein Übriges. Die ersten paar Male haben wir sie unterschätzt, mittlerweile gibt es wenig, was wir ihr nicht zutrauen würden. Wenn sie uns als nächstes beichtet, ihre Eltern erstochen und dabei Karel Gott gehört zu haben, oder dass sie ein Kind vom Don der Russenmafia hat: Die meisten würden auf *Richtig* tippen. Das größte Problem dabei ist, dass alle am Tisch und drumherum voll sind wie die Eimer. Zu allem Überfluss haben wir bei Svetlana immerhin so oft richtig gelegen, dass sie für die Verfassung, in der sich die Männer im Saal befinden, deutlich zu wenig anhat. Dass sie jetzt noch an der Reihe ist, macht es nicht besser.

»Ich stehe auf Sex mit zwei Männern«, sagt sie trocken.

Immel spuckt mir sein Bier über den nackten Oberkörper. Es wird still im Raum.

Ich will die Antwort nicht hören und gehe aufs Klo. Ich setze mich hin und starre die Tür an. Alles dreht sich. Vor der Tür wird gejohlt. Ich muss grinsen. Was für ein surrealer, unerwarteter Spaß, dieser ganze Trip. Wie toll das Leben sein kann, wenn man es lässt.

Als ich zurückkomme, hat sich die Runde aufgelöst. Ich muss auf dem Klo eingeschlafen sein. Einige Teilnehmer haben sich wieder etwas angezogen, die anderen bleiben, wie sie waren.

Irgendjemand hat die Wilco-Liveplatte aufgelegt. *I was saved by rock 'n' roll,* singt Jeff Tweedy. Wie recht er hat!

Ich wanke aus der Küche und laufe an einem Raum vorbei, in dem ein paar Leute die Wilhelm-Tell-Szene aus *Naked Lunch* nachspielen. Glücklicherweise verwenden sie Äpfel als Wurfgeschosse, während auf ihren Köpfen Stofftiere sitzen.

Im Wohnzimmer sehe ich, wie der Witch-House-Typ mit einem schwarzen, halbnackten Mann mit Indianerschmuck auf dem Kopf Schach spielt.

Was mache ich hier eigentlich? Ach ja, ich bin auf dem Weg in den Schwarzwald, um mit meinem Vater zu reden.

Schlagartig bin ich wieder deutlich nüchterner. Ich trinke drei Gläser Wasser in der Küche und suche einen Platz zum Schlafen. Die dritte Tür, die ich öffne, führt zu einem Zimmer, dessen Fußboden voller Kissen und Polster ist. Dort lege ich mich hinein. In meinem Kopf *loopt* sich Jeff Tweedys endlos wiederholtes *Nothin'* aus *Misunderstood* fest und das Wort hallt für den Rest der Nacht durch meine Träume.

8

Ich wache auf und stelle erfreut fest, dass es mir erstaunlich gut geht. Ich laufe in die Küche und mache mir einen Kaffee. Im Wohnzimmer und im Garten liegen Menschen herum.

Mit der Tasse in der Hand begebe ich mich auf die Suche nach meinen beiden Reisebegleitern. Ich öffne eine Tür. In dem Zimmer liegen H. D., Asia und Robert, alle drei nackt.

Robert wird wach und sieht mich irritiert an. Blinzelnd schaut er auf die anderen beiden, dann springt er plötzlich auf und stürmt an mir vorbei ins Bad.

Fünf Minuten später sitzen wir im Garten und halten uns an unseren Kaffeetassen fest. Ich versuche zu rauchen. Es geht schon wieder. Alles klar.

»Sag jetzt nichts«, sagt Robert.

Ich hebe grinsend die Hände.

»Wo ist Immel?«, fragt er.

»Das ist eine gute Frage. Irgendwann war er verschwunden.«

Wir machen uns auf die Suche. Ohne Erfolg. Langsam beginnt das Haus zu rumoren. Jemand legt *Rome* von Danger Mouse auf. Ich liebe diese Platte. Ich setze mich aufs Sofa, lege den Kopf in den Nacken und höre zu, während um mich herum verkaterte Menschen stöhnend zu sich kommen und krächzend nach Kaffee verlangen.

Zwei Dinge haben mir in meiner Jugend das Leben gerettet. Und diese Formulierung ist vielleicht nicht einmal übertrieben.

Das eine waren Bücher, vor allem solche, die man gemeinhin als Fantasy-Literatur bezeichnet. Ausgelöst durch *Der Herr der Ringe,* das ich mit zwölf zum ersten Mal las, folgten in den nächsten Jahren unzählige wie im Fieberwahn verschlungene Fantasy-Epen von Stephen King, C. S. Lewis, Lovecraft, später Tad Williams oder Robert Jordan. Und damit verbunden war dann auch das Schreiben. Vor allem das Schreiben war eine Fluchtmöglichkeit, wenn es zu schlimm wurde.

Das andere war die Musik. *I was saved by rock 'n' roll.* Es ging los mit Kassetten von den Beatles oder Queen, Radiomitschnitten, die manchmal erst mitten im Lied begannen und am Ende immer noch die Stimme des Moderators, der ins Fade-out quatschte, enthielten.

Das Schreiben hörte auf. Aber die Leidenschaft für Musik und Geschichten blieb. Die Bücher mussten weniger umfangreich werden, weil die Zeit nicht mehr reichte, aber die Musik fand immer einen Weg durch den Alltag.

Ich kaufe sogar noch regelmäßig Musik. Und zwar nicht nur die aus meiner Jugend wie die meisten Männer meines Alters, die nur noch Nostalgiekäufe tätigen.

Ich mache keinen Sport und keine Kochkurse und gehe für einen Deutschlehrer auch äußerst selten ins Theater. Ich höre keinen Jazz und kaum Klassik. Aber ich gehe nach wie vor in Rockkonzerte. Meistens alleine, manchmal mit Immel. Sonst gibt es in meinem Bekanntenkreis kaum jemanden, der sich damit noch abgibt. Die haben jetzt alle Wunschkinder und gehen abends nicht mehr aus dem Haus. Und wenn doch, dann stecken sie, wie Robert, in der Siebziger- oder Achtziger-Nostalgieschleife fest.

Die Liebe zu einer Frau kann sich verändern, kann wirklich weniger werden. Man kann sich *entlieben,* was vielleicht das ist, was Alex und mir gerade passiert.

Bei der Musik geht das nicht. Das hat fast etwas Religiöses, Unumstößliches. Und ein tolles Konzert ist das Hochamt. Wenn die Band und das Publikum sich gegenseitig hochschaukeln und alle bereit sind, alles zu geben. Egal in welcher Verfassung man ist, egal in welcher Lebensphase, die Wirkung ist immer die gleiche. Diese unfassbare Euphorie und Lebensfreude, die dich bei einem Konzert von Arcade Fire packt und durch die Nacht schleudert. Dieser in jeder Note und jedem Wort deutlich hörbare Glaube an die spirituelle, heilende und erlösende Kraft eines guten Konzerts.

Andererseits, denke ich, muss man sein Leben immer noch selbst auf die Reihe kriegen, Rock 'n' Roll hin oder her.

Asia kommt heraus. Sie trägt einen zu großen blauen Kimono mit einem goldenen Drachen darauf und küsst Robert auf den Mund und mich auf die Wange.

»Eier?«, fragt sie.

Vorsichtshalber sagen wir Ja.

Fünf Minuten später kommt sie mit drei Tellern Rührei und gebratenem Speck zurück. Wir strahlen sie dankbar an und fragen sie, ob sie etwas von Immel weiß.

»Der ist mit den Cowboys abgedampft«, erwidert sie.

»Wie abgedampft?«, frage ich.

»Was, die Cowboytypen waren da?« H. D. kommt mit einem Lachsbrötchen in der Hand ins Wohnzimmer. Die Frage wundert mich etwas, denn schließlich hat H. D. die halbe Nacht mit einigen von den Cowboys und Girls dieses bescheuerte Stripspiel gespielt. Aber andererseits wundert die Frage mich auch wieder nicht, wenn man bedenkt, was da alles konsumiert wurde. Auch H. D. trägt einen Kimono, aber offensichtlich ist es der von Asia, denn er ist ihm deutlich zu kurz und deshalb sehen wir sein Gemächt unten herausbaumeln. Er steuert auf Robert zu und küsst ihn auf die Stirn, worauf der schwer ausatmet und in sich zusammensackt.

Ich muss lachen.

»Habt ihr die tanzen gesehen? Super, was?«, fragt H. D.

»Und jetzt?«, frage ich.

»Ich weiß, wo Steve wohnt«, sagt H. D. »Gib mir zehn Minuten. Dann fahren wir da hin.«

9

Die zehn Minuten waren sehr optimistisch kalkuliert, aber jetzt sind wir, Robert, H. D., Asia und ich, unterwegs nach Dresden. Was macht Immel da? Wird er vielleicht von Steve gefangen gehalten und wir müssen ihn auslösen, weil Steve herausbekommen hat, dass Immel reich ist?

Robert und Asia haben es sich hinten bequem gemacht, sie hat den Kopf an seine Schulter gelehnt. Er schaut zum Fenster hinaus auf ein imaginäres Meer.

»Super, dass ihr da wart, gestern«, sagt H. D., der neben mir sitzt. »Hast du Mucke?«

Ich hole meinen Minidisk-Player aus dem Handschuhfach. Da ich mich vor vielen Jahren fatalerweise dafür entschieden habe, die MD dem MP3 vorzuziehen, sitze ich jetzt auf etwa 200 selbst zusammengestellten MDs. So bin ich bislang der einzige Mensch, den ich kenne, der MDs hört. Wenn mein Player irgendwann den Geist aufgibt, wird es mir wie Denzel Washington in *The Book of Eli* ergehen: Ich werde so einen postapokalyptischen Tante-Emma-Laden aufsuchen müssen – mit einem Typen drin, der aussieht wie Tom Waits. Und dem verkaufe ich dann meine Handschuhe oder meine Seele für einen Ersatz.

Medienelektronisch aufs falsche Pferd zu setzen, das scheint bei uns in der Familie zu liegen. Immerhin *eine* Gemeinsamkeit zwischen mir und meinem Vater. Der hat seinerzeit auch auf *Beta 2000* gesetzt, aber musste vor der kalifornischen Pornoindustrie, die am Siegeszug der qualitativ minderwertigeren VHS-Kassetten schuld war, kapitulieren.

H. D. grinst, als er mich mit dem Gerät hantieren sieht.

»Jaja«, sagte ich. »Mach dich nur lustig. Ich bin das gewohnt.«

»Nie würde ich mich über derartige Absonderlichkeiten lustig machen.« H. D. kichert. »Mir ist nichts Menschliches fremd.«

»Ja, das hab ich gesehen«, sage ich grinsend.

Ich lege meine Smiths-MD ein. Das erste Lied ist zufällig *Paint a Vulgar Picture.*

At the record company meeting, on their hands – a dead star. And oh, the plans they weave, and oh, the sickening greed, singt Morrissey.

Ich sehe zu H. D. rüber und muss lachen.

»Ahh«, macht der, »lange nicht gehört. Ausgezeichnet.«

»Du bist bei einem Label?«, frage ich ihn.

»Nein, ich war.«

»Wieso jetzt nicht mehr?«

Er winkt ab.

»Zu stressig. War nicht gut fürs Herz, der Job.«

Morrissey, der es wissen muss, singt: *Heaven knows I'm miserable now.*

»Und du«, fragt H. D., »was hast du mit Musik zu tun?«

Ich überlege, ob ich ihm sagen soll, dass Immel, Robert und ich sogar mal eine Band hatten. Wir waren etwa in der zwölften Klasse. Geprobt haben wir im Keller von Roberts Eltern. Immel hat getrommelt und gesungen, Robert hat Bass und ich Gitarre gespielt. Wir hatten einen einzigen, fürchterlich schlechten Auftritt bei einer Silvesterparty im Gemeindezentrum. Offenbar mangelte es uns allen drei an Ehrgeiz. Sogar Robert. Nach Gretas Geburt habe ich kaum noch Gitarre gespielt. Es war anstrengend genug, mit Baby und schier ohne Geld das Studium zu beenden. Vielleicht fange ich irgendwann mal wieder an.

»Ich höre gern Musik, das ist alles«, antworte ich.

Wir überqueren die Elbe. Das Wasser glitzert im Sonnenlicht.

Nach einem weiteren Lied von The Smiths gebe ich mir einen Ruck und stelle die Frage, die mich seit gestern Nacht nicht mehr loslässt.

»Kannst du das mit eurer Polyamorie mal genauer erklären?«

H. D. lacht.

»Na ja, im Wesentlichen geht es darum, dass man Affären oder sogar längere Beziehungen mit mehr als einem Partner hat und das Ganze mit deren vollem Wissen und Einverständnis.«

Ich überlege kurz.

»Und dazu gehört auch, dass man seine Frau mit einem Fremden teilt, oder wie?«

Ganz so deutlich wollte ich es eigentlich gar nicht formulieren, aber ich wusste nicht, wie ich es anders sagen sollte.

H. D. räuspert sich.

»Na ja, in der reinen Lehre ist das wohl so nicht gedacht. Aber wir experimentieren da hin und wieder ein wenig.« Er lacht.

»Und das funktioniert? Ich meine, eure Beziehung im Großen und Ganzen?«

»Unbedingt. Kann ich nur empfehlen. Probiere es aus!«

Interessant, denke ich. Aber wie um alles in der Welt unterbreitet man seiner Partnerin, dass man einem solchen Konzept gegenüber aufgeschlossen wäre. Alex' Reaktion kann ich mir lebhaft vorstellen:

Verstehe ich dich richtig, du willst einen One-Night-Stand und ich soll dazu meinen Segen geben, ja?

– Na ja, du könntest ja auch ... ich meine ...

– Und wenn ich das nicht will? Wenn ich gerade genug um die Ohren habe? Jetzt, wo wir gerade mal wieder den Kopf über

dem Wasser haben, soll ich mich gleich wieder in ein neues Beziehungs- und Gefühlschaos stürzen? Nein danke, ich verzichte!

– Gut, ich geh dann mal einkaufen, willst du etwas Bestimmtes?

So in etwa würde es ablaufen, jede Wette.

Kurze Zeit später stehen wir vor einem mehrstöckigen Altbau mitten in Dresden, in dem Steve, der Cowboychef wohnt. Wir klingeln, der Öffner summt und wir steigen in den obersten Stock, wo eine Frau, deren Alter schlecht zu schätzen ist, die Tür öffnet.

»Tag, H. D. Hey, Asia. Tolle Party gestern. Ihr beiden wart auch da, oder?«

Ich glaube, in der Frau eine der Sharon Stones von gestern zu erkennen.

»Hi, wir wollen unseren Freund abholen. Übrigens, euer Tanz war der Hammer letzte Nacht.«

»Danke, sagt sie und lächelt nett. »Steve und dein Freund sind schon ganz früh los. Hier liegt ein Brief von ihm.«

Ich sehe mit gerunzelter Stirn zu Robert. Langsam geht Immel mir auf die Nerven. Er schreibt:

Grüß Gott, Paul und Robert,

hier hat sich was ganz Großes ergeben. Steve ist der Neffe von Marcel Weisbrod. Das ist ein wichtiger Kunstzampano, der mir weiterhelfen kann.

Steve fährt mich zu dem Typen nach Hause nach Englitz, etwa eine Stunde mit dem Auto. Das ist wichtig für mich. Holt mich doch dort ab.

Euer bester Freund

Immel

Ich halte Robert das Blatt hin. Der holt hörbar Luft, schaut auf die Uhr und macht eine Was-solls-Geste.

Also gut. Noch eine Etappe. Egal. Natürlich holen wir Immel dort ab.

»Jungs, fahrt da hin«, sagt H. D., »der Weisbrod hat 'ne Menge Einfluss in der Kunstszene, der hat Kontakte zu Galerien in New York, Agenturen, Rundfunk, Fernsehen und alles. Damit aus dem Immel endlich mal was wird. Das geht doch so nicht weiter, oder?«

»Das stimmt«, sage ich. »Okay, wir machen uns auf den Weg. Was ist mit euch?«

»Wir bleiben noch in Dresden. Alles Gute. Hat mich sehr gefreut«, sagt H. D. Wir geben uns die Hand. Asia gibt mir einen Kuss auf die Wange. Robert und sie verabschieden sich ausgiebig und mit Zunge. Sharon redet irgendetwas mit H. D. Sie ist offenbar über sein Beziehungskonzept im Bilde.

Minuten später sitzen Robert und ich wieder im Auto.

»Ich liebe Liebe zu dritt«, trällere ich.

»Oh Mann«, stöhnt Robert, »oh je, oh je.« Er schlägt die Hände vors Gesicht.

»Das lässt sich ja gut an mit deinem Single-Dasein. Ich denke, da hilft nur eins.«

Und ich lege meine Strokes-MD ein.

»Last night she said, oh, baby, I feel so down, oh, it turns me off, when I feel left out«, singe ich mit und fühle mich gut, obwohl wir gerade wieder auf der A 13 nach Norden fahren, also in die Richtung, aus der wir gestern gekommen sind. So kommen wir nie in den Schwarzwald.

Beim zweiten Refrain steigt Robert mit ein. Fünf Songs später, beim Gitarrensolo von *Ize of the World,* sehe ich, wie Robert versonnen zum Fenster hinaus lächelt. Er hat noch mehr graue Haare bekommen. Wenn er so weiter macht, lässt er die George-Clooney-Phase bald hinter sich und marschiert stramm Richtung Sky Dumont.

Eine Stunde später fahren wir in ein Dorf in der Nähe von Hoyerswerda, das genauso aussieht, wie man sich einen Ort in Ostdeutschland, der seine besten Tage lange hinter sich hat, vorstellt: viele leer stehende Häuser und Geschäfte, halbverfallene Scheunen, kein Mensch auf der Straße zu sehen.

»Aber Hier Leben, Nein Danke!«, skandiere ich den Tocotronic-Song.

Wir können Immel nicht anrufen, da er aus Prinzip kein Handy besitzt. Wir fahren an einer Bushaltestelle vorbei, an der vier Skins um einen Golf stehen und uns feindselig anglotzen. Am Ende der Hauptstraße sehen wir einen schwarzen Ford Taunus. Das muss Steves Wagen sein. Er parkt vor einem riesigen alten Bauernhof, in den jemand in den letzten Jahren eine Menge Geld gesteckt zu haben scheint. Er wirkt reichlich deplatziert. Renoviert. Gestrichen. Gepflegt.

Wir klingeln.

Immel öffnet die Tür.

»Männer! Bin ich froh, euch zu sehen.«

Er führt uns in einen großen Raum, in dem ein älterer Mann mit weißen Haaren, Pferdeschwanz und Pfeife gerade dabei ist, Drinks einzugießen. Er sieht ein wenig aus wie der späte Donald Sutherland. Steve sitzt auf einem Ledersofa, ohne Staubmantel, aber mit Boots und Lederhose und einem Laptop auf dem Schoß. Er winkt uns kurz zu. Weisbrod streckt Robert und mir statt einer Begrüßung Whiskygläser entgegen, nickt uns kurz zu, redet aber die ganze Zeit nur mit Immel.

»Fazit, Immel: Die Sachen sind gut. Die in New York drehen durch, wenn die erfahren, dass du ein Berliner Künstler bist. Ich mache das mit dieser Galerie in Berlin klar, dann *Kulturzeit, Aspekte, ART* und alles. Hier!«

Er reicht auch Immel ein Glas und wir stoßen an. Weisbrod verschwindet kurz.

Immel, der sich bisher sein bestes Pokerface bewahrt hat, schüttelt mich.

»Fuck, das ist der Wahnsinn. Das könnte es echt sein!«

»Ich dachte, du willst gar keinen Erfolg«, sage ich.

Immel grinst und prostet uns zu.

Weisbrod kommt wieder zurück.

»Also, Immel, wenn du wieder in Berlin bist, ruf mich an. Hier ist meine Karte mit privater Handynummer. Nächste Woche bin ich dort. Dann treffen wir uns.«

Wir schütteln uns die Hand. Immel geht zu Steve und gibt ihm auch die Hand.

»Danke, Mann.«

»*Drei Begräbnisse* mit Tommy Lee Jones war auch toll«, ruft Steve in meine Richtung.

»Besser als *No Country for Old Men*«, sage ich altklug und sehe, dass ihn diese Antwort freut.

»Wahoo«, brüllt Immel, als wir im Auto sitzen. »Ich dreh durch. Ich dreh duuurch.«

»Immel, das ist wirklich –« Weiter komme ich nicht, denn als wir die Skins passieren, kurbelt er das Fenster runter und schreit: »Adios, ihr Kackbratzen!«

Im Rückspiegel sehe ich, wie die Skins hektisch in ihren Golf springen.

»Immel, du Verrückter!«, schreie ich. »Hast du einen an der Waffel?«

»Oh«, sagt er.

Ich drücke aufs Gas.

10

Wir fahren über Land in Richtung Autobahn. Der Nazi-Golf bleibt mit etwa hundert Metern Abstand hinter uns. Ich blicke besorgt auf die Tankuhr. Könnte voller sein, angesichts unserer Situation. Und wenn hin und wieder mal eine Ortschaft mit mehr als fünf Häusern käme, wäre mir auch wohler. Aber alles, was ich sehe, sind Wälder und Felder und nur weil sich das reimt, macht es mich noch lange nicht froh. Sollte es hier zum Duell mit den Glatzen kommen, brauchen wir auf die Kavallerie nicht zu hoffen, so viel ist klar.

»Immel, ich beginne zu bereuen, dass wir dich mitgenommen haben«, seufze ich.

»Immel, du Penner«, regt sich Robert jetzt auch auf, »das ist doch gerade kein Spaß hier, was ist denn mit dir los?«

»Ja, sorry, aber wenn ich diese Gesichtselfmeter sehe, kann ich meinen Thymos nicht kontrollieren.«

»Deinen was?«, fragt Robert.

»Meinen Thymos, meinen göttlichen Zorn. Achilles war auch ein sehr thymotischer Typ.«

»Immel, du bist ein Vollirrer«, sagt Robert.

»Ha, und das von unserem *Mr. Lover Lover!*«, erwidert Immel. »Wieder auferstanden? Sag mal, hattest du auch was mit H. D. oder ihr beide mit Asia oder wie muss man sich das vorstellen?«

Robert blickt zu mir.

»Paul, kannst du ihm bitte sagen, dass er schweigen soll.«

»Immel, ich soll dir ausrichten, Robert möchte nicht darüber sprechen.«

»Ha! Wahnsinn«, schreit Immel. »Jedenfalls Respekt für diese Zielstrebigkeit! Kaum getrennt, schon wieder erfolgreich vollzogen. Und auch noch einen Dreier. Trotzdem ich ja jetzt bald extrem erfolgreich sein werde, habe ich eigentlich nur noch *ein* Ziel im Leben: Ich möchte irgendwann herausfinden, wie du das machst. Bis es so weit ist, habe ich noch eine CD für den Anlass.«

Er streckt eine weitere Selbstgebrannte nach vorne.

Robert fragt grinsend: »Du hast eine CD gemacht für den Fall, dass wir in der ostdeutschen Provinz von Skinheads verfolgt werden?«

»Nein, aber so für den Fall, dass die Hormone herumwirbeln und Begeisterung sich Bahn bricht.«

Der erste Track ist Tomoyasu Hoteis *Battle Without Honour or Humanity* vom *Kill-Bill-Soundtrack.*

»Das, meine Herren«, sagt Immel feierlich, »ist das coolste Lied, das die coolste Filmszene der Geschichte unterlegt. Ich erwarte Ehrfurcht und Respekt.«

Er hat recht. Wir haben den Film zusammen im Kino gesehen und uns nicht mehr eingekriegt.

Lucy Liu hat sich alleine durch diese 45 Sekunden für alle Zeiten in den Olymp weiblicher Filmheldinnen katapultiert. Immel sprach damals tagelang von nichts anderem und rief mich sogar kurze Zeit später nachts an, weil er so außer sich war wegen ihr.

Eigentlich habe ich geplant, zum jetzigen Zeitpunkt schon so gut wie im Schwarzwald zu sein. Die Fahrt ist bisher jedoch, vor allem für meine beiden *Compadres,* unerwartet spektakulär verlaufen. Und von dem kleinen Problem hinter uns abgesehen, macht auch mir das alles einen Heidenspaß. Ich fühle mich jung und gefährlich wie eine Figur aus einem frühen Springsteen-Song und beschleunige. Wäre doch gelacht, wenn wir diese Penner nicht abhängen könnten. Volvo hin oder her. *It's a town full of losers, and I'm pulling out here to win.*

»Los, Jungs, was sind die drei schockierendsten Filmenden aller Zeiten?«, fragt Immel von hinten.

»*Sieben, Spurlos verschwunden, Inception*«, sage ich.

»*Schlaflos in Seattle, E-Mail für Dich, Keinohrhasen*«, sagt Robert und grinst.

Unsere Köpfe waren schon immer voll mit Filmzitaten und Liedzeilen, vor allem die von Immel und mir. Hinzu kommen noch Gedichte, Aphorismen und Besetzungen bekannter und obskurer Popgruppen. Unsere Gehirne sind Schwämme für all diesen Kram, den wir dann auch immer mit Lust bei jeder Gelegenheit an den Mann bringen. Unsere Kommunikation ist teilweise eine Aneinanderreihung von Insider-Codes. Bei Robert war das Ganze nie so pathologisch ausgeprägt und bei allem, was nach 1993 passiert ist, kann er sowieso nicht mehr folgen. Für Außenstehende war die Art, wie wir uns unterhielten, oft die Hölle. Bestenfalls kurz amüsant, bis die Zuhörer entnervt das Handtuch warfen, weil es einfach nicht aufhörte. Denn vor Publikum wurde es eher noch schlimmer. Alex kann damit beispielsweise überhaupt nichts anfangen.

Aus den Boxen donnert *Bubble Gum Bitch* von Marina & The Diamonds.

Manchmal staune ich, wie gut mir diese Musik gefällt, obwohl daran eigentlich fast alles falsch ist. Ich habe selbst Immel schon damit infiziert. Aber so ist es schon immer gewesen. Selbst oder gerade im Schwarzwald waren die meisten Jugendlichen in den Achtzigern subkulturelle Dogmatiker. Die *Hardrocker,* mit ihren Iron Maiden-, AC/DC- und Metallica-Kutten stellten sicher die größte Gruppe. Dann gab es einige, die sich eher dem Siebzigerjahre-Rock verschrieben hatten: Deep Purple, Led Zeppelin, Thin Lizzy und so weiter. *Popper* gab es auch ein paar. Die versuchten mit Bundfaltenhosen und viel Haarspray den Look ihrer Helden Wham! oder Spandau Ballet nachzuahmen, womit sie natürlich erbärmlich scheiterten. Ein paar *Punks* waren auch dabei, die hörten Slime und The Clash. Schwarz gekleidete *Waver* mit Hochstehfrisur, die The Smiths, Joy Division und The Cure hörten, je nach Weltschmerzgrad auch Abseitiges wie Dead Can Dance und Christian Death. *Ökos*, die Janis Joplin oder Cat Stevens hörten. Und dann war in unserer Klasse tatsächlich noch ein *Psychobilly.* Was der hörte, weiß ich nicht mehr genau. Es gehörte für ihn aber dazu, dass die Bands möglichst unbekannt waren. Zwischen den Kulturen gab es dann auch immer Krach, vor allem die *Hardrocker* und die *Punks* hassten sich und ließen keine Gelegenheit aus, sich zu beschimpfen oder aufeinander loszugehen. Die *Ökos* versuchten zu vermitteln. Und am Ende waren es nicht selten die friedliebenden *Waver,* die aufs Maul bekamen. Mittendrin war der *Psychobilly,* der sowieso alle hasste.

Immel, Robert und ich verweigerten uns diesen Dogmen und Scharmützeln völlig. Wir konnten uns an einem Manowar-Song genauso erfreuen wie an *Should I Stay or Should I Go* oder *Rio* von Duran Duran. Subkulturelle Intoleranz war uns damals schon ein Gräuel. Die größten Spießer sind die *Punks,* sagte Immel gerne.

Robert, der Frau Marina und ihre Diamanten bisher nicht kannte, lässt sich jetzt auch anstecken von dieser tollen Musik. Meine Fantasie reicht nicht aus, um sich ein bizarreres Bild vorzustellen, als das, was sich hier im Auto abspielt: Drei 40-jährige Männer, teilweise mit Hochschulabschluss, die aus vollem Halse *I'm Miss Sugar Pink, liquor, liquor lips, I'm gonna be your bubble gum bitch* singen.

Ich weiß nicht, wann ich mich das letzte Mal so wach gefühlt habe. So wenig gelangweilt und so wenig in Routine gefangen.

11

Kurze Zeit später erreichen wir die Autobahn. Der Fascho-Golf scheint verschwunden. Wir fahren an Dresden vorbei und nehmen die erstbeste Raststätte. Tanken, Essen, Klo. Als wir aus dem wohltemperierten Volvo steigen, haut uns die Mittagshitze um.

Erleichtert stellen wir fest, dass die Skins tatsächlich nirgends zu sehen sind, und laufen zur urgemütlichen Rastplatz-Gaststätte. Robert hängt sich seine irgendwie albern aussehende Herren-Umhängetasche über die Schulter.

»Soso«, sagt Immel und schaut Robert amüsiert an, »du bist jetzt also auch ein Mitglied dieser *Generation Umhängetasche,* von der man immer wieder liest. Und zufällig lebst du auch noch in Berlin, der Hauptstadt der Umhängetaschenträger und Latte-Macchiato-Trinker. Interessant. Siehst du dich selbst eigentlich als Nachahmer oder als Hipster? Ersteres ist armselig, bei letzterem müsstest du höllisch aufpassen, dass nicht schon gerade wieder ein neuer Trend im ›Prenzlberg‹ entsteht, den du möglicherweise gerade verpasst.«

»Du meinst den Trend zur Plauze, oder welchen hattest du im Sinn?«, fragt Robert und klopft Immel auf seine kleine Wampe, die er sich in den letzten Jahren herangezüchtet hat. »So eine Umhängetasche«, führt er aus, »ist äußerst praktisch, kann man doch alle nötigen Kleinutensilien wie Zigaretten, Sonnenbrille, Schlüssel, Geldbeutel locker darin unterbringen. Man kann natürlich auch immer noch rumlaufen wie ein Pubertierender und seinen Geldbeutel mit einer schicken Kette an der Hose befestigen wie du. Manch einer entwickelt sich aber dann doch weiter. *Evolution, Baby!*«

»Ho ho, touché.«

Immel dreht sich zu mir um.

»Und du, Geheimrat?«, fragt er.

Ich schlappe hinter den beiden her und habe es gerade einfach nur genossen, ihnen zuzuhören. Aber jetzt bin ich wohl an der Reihe. Immel kann einen einfach nicht in Ruhe lassen. Das war schon immer so.

»Ja, Immel? Worum gehts?«

»Worum es geht? Wirst du jetzt eigentlich auch so ein Schweiger wie dein Alter? Und überhaupt, wie läufst *du* eigentlich rum? Müsstest du nicht Sandalen und Socken tragen, so als Lehrer?«

»Die sterben langsam aus«, sage ich. »Aber dafür rede ich jetzt auch mit mir selber, wenn ich vor dem Vertretungsplan stehe. Und sage Sachen wie ›ad hoc‹ und ›Die Schüler werden immer dümmer‹ und so.«

»Ja, sehr gut«, sagt Immel, »die kriegen dich auch noch.«

»Wie läuft es denn eigentlich in der Schule?«, will Robert wissen.

»Wenn die Schüler und Kollegen nicht wären, könnte man es ganz gut aushalten.«

Immel und Robert lachen.

Oh Mann, tut das gut, denke ich. Endlich mal wieder Quatsch reden.

In meinem Kollegium habe ich immer das Gefühl, mich verstellen zu müssen, nur mit Halbgas zu fahren, mich so zu reduzieren, dass Kommunikation auf konventionellstem Niveau irgendwie funktioniert. Popkulturelle Assoziationen sind den Allermeisten völlig fremd. Mit Ironie sieht es nicht viel besser aus. Und wenn es sie gibt, dann als süffisante, elitäre Akademiker-Ironie. Die benutzen Wörter wie *köstlich*, wenn sie etwas komisch finden, und die Kolleginnen fuchteln dann so mit den Händen in Kopfhöhe herum. Und ich stehe fassungslos daneben und versuche zu verstehen, was sie gerade so amüsiert. Meistens gelingt es mir nicht. Nun könnte man meinen, ich sei einfach weniger schnell gealtert, fühle mich weniger erwachsen als die meisten Kollegen, habe mir einfach ein junges Herz bewahrt und imitiere dabei eher dilettantisch das Verhalten von richtigen Erwachsenen. Das Problem ist, dass mich die Schüler auch nerven, trotz ihrer Jugend, nur auf andere Art. Wo immer mein Herz auch sein mag, in der Pubertät ist es glücklicherweise nicht mehr.

Wir laden uns Essen und Getränke auf die dafür vorgesehenen Tablette und bezahlen.

Tatsächlich zweifle und verzweifle ich mehr und mehr an diesem Beruf. Ich habe nie so sehr dafür gebrannt wie manche Kollegen das tun, worum ich sie beneide. Die Umstände haben mich da hineingetrieben und jetzt, wo die Umstände sich ändern, spüre ich immer deutlicher, dass ich eigentlich nicht gerne Lehrer bin. Die Distanz zu den Schülern vergrößert sich jährlich, nicht nur, was das Alter angeht, sondern auch in allem anderen. Ich verstehe ja ohnehin sehr wenige Menschen in *meinem* Alter, wie soll es da mit denen funktionieren, die 25 Jahre jünger sind? Vielleicht hätte ich mal rechtzeitig zur Berufsberatung gehen sollen. Die hätten bestimmt gemerkt, dass das nicht die perfekte Tätigkeit für jemanden ist, der die Frage »Haben sie gerne mit Menschen zu tun?« mit »Nur mit ganz wenigen« beantwortet.

»Und du, Immel«, meint Robert, nachdem wir uns gesetzt haben, »wie kommt es eigentlich, dass du als einziger Berliner Künstler immer noch keinen Erfolg hast? Oder muss man dazu in Leipzig wohnen?«

Immel blickt ihn ernst an.

»Robert, du solltest wissen, dass ich biografische Gründe dafür habe, dass mir die Vorstellung, mich zu verkaufen, augenblicklich nässende Furunkel am Rücken verursacht.«

»Pah«, macht Robert. »Das ist doch nur eine Ausrede für dein Phlegma. Dein Vater kann nicht ewig dafür herhalten, dass du nichts auf die Reihe kriegst. Irgendwann bist du auch mal selber dran.«

»Na, du musst reden. Dir ist schon klar, dass dich *dein* Vater mal irgendwann aufgezogen hat wie eine mechanische Rennmaus und du seither fremdbestimmt in deinem Erfolgsrad hohldrehst?«

Roberts Gesicht verzerrt sich für einen Moment. Er umklammert sein Besteck, als würde er jeden Moment auf Immel losgehen wollen.

»Nicht streiten«, sage ich harmoniebestrebt wie immer.

»Ist ja gut, Robert.« Immel hebt beschwichtigend die Hände. »Im Gegensatz zu dir weiß ich, dass meine Erfolglosigkeit mir recht gibt.«

Robert entspannt sich wieder und starrt auf sein Essen, während Immel weiterredet.

»Das große Missverständnis ist, dass die Leute meinen, *Kunst* kommt von *Können*. Das ist falsch. *Kunst* kommt von *Kunde*, von *Verkünden*. Die Frage ist, hat jemand etwas zu sagen oder muss er sein Reihenhaus abbezahlen und die Alimente erdrücken ihn? Und meine Botschaft ist halt etwas zu komplex für den Massengeschmack.«

»So? Und was ist deine Botschaft?«, fragt Robert verächtlich.

»Seid lieb!«

Ich muss lachen und auch Robert kann nicht mehr ernst bleiben.

Immel strahlt.

»Ja. Aber ich habe *zu viel* Liebe in mir. Das verschreckt die Leute. Sie wollen diese reduzierte Maskencoolness. Jemand, der alles raushaut, was er hat, macht denen Angst. Es sei denn, er ist Freddie Mercury oder tot oder beides in dem Fall. Deshalb lehne ich auch die Phrase ›Weniger ist mehr‹ aus tiefstem Herzen ab. *Bohemian Rhapsody* für alle!«

»Auf dich, Immel«, sage ich, »und auf das baldige Ende deiner Erfolglosigkeit.«

Wir stehen auf und verlassen das Gebäude. Auf halbem Weg zum Auto bleiben wir stehen.

»Fickende Hölle!«, ruft Immel.

Vor meinem Volvo parkt der blaue Nazi-Golf. Davor stehen drei der vier Skins. Der vierte ist gerade dabei, meine Reifen aufzuschlitzen. Als sie uns kommen sehen, rennen sie los in unsere Richtung. Zwei haben Baseballschläger. Wir blicken uns um. Etwa 200 Meter bis zum Restaurant. Sonst keine Fluchtmöglichkeit.

Wir laufen los. Es wird knapp.

Vor uns bremst ein Mercedes Sprinter mit geöffneter Schiebetür. »Springt rein!«

12

Danke«, sage ich atemlos und schweißgebadet.

»Kein Ding«, antwortet einer unserer Retter, ein Indie-Rock-Typ mit engen Röhrenjeans und modisch-punkiger Frisur. In dem Auto sitzen insgesamt vier Leute so um die 20, zwei Jungs, zwei Mädchen. Hinten im Bus stapelt sich Bandequipment.

»Ihr seid dann wohl die Band?«, fragt Immel.

»Ja, wir sind auf dem Weg nach Prag zu einem Gig«, sagt eines der Mädchen. Sie hat schwarze kurze Haare und ist, wie ich feststellen muss: verdammt noch mal wunderschön.

»Ihr kamt im richtigen Augenblick«, sagt Robert. »Sehr gelungenes Timing.«

»*Ti-ming is not a city in China*«, erwidert das andere Mädchen. Sie trägt ein Kopftuch, unter dem rote Dreads zu sehen sind. Sie sieht auch toll aus.

»Wir hassen diese Hackfressen«, sagt der Fahrer.

»Wir haben das schon ein paar Minuten lang beobachtet, was da ablief und als wir gesehen haben, wie die auf euch zugestürmt sind ...«, sagt die schöne Schwarzhaarige. »Da muss man zusammenhalten, bei diesen Fuckern.«

Mir gefällt, wie sie *Fucker* ausspricht.

»Die Faschos sind zwei Autos hinter uns. Abstand gleichbleibend«, informiert uns der Fahrer.

»Nur weil du paranoid bist«, sagt Immel, »heißt das nicht, dass dich niemand verfolgt.«

Ich sehe, wie der Fahrer im Rückspiegel fragend nach hinten schaut. Ich mache eine Alles-okay-das-ist-nur-der-Immel-der-redet-immer-solche-Sachen-Geste und lehne mich zurück. Hier sind wir wohl erst mal sicher. Ich entspanne mich langsam.

»Seid ihr bekannt?«, fragt Immel.

»Bei uns nicht so«, antwortet die Rothaarige. »Aber in Polen und Tschechien läuft es ganz gut.«

»Was macht ihr so?«, fragt Immel.

»Garagenrock. Blondie, Joan Jett ... Kennt ihr Elastica noch?«

»E-l-a-s-t-i-c-a!«, schreien Immel und ich gleichzeitig, ob der Erwähnung dieser sträflich vergessenen coolsten Band der Neunziger.

Das muss kurz vor Gretas Geburt gewesen sein, als ich diese tolle Band irgendwo in einem Club gehört hatte und gleich am nächsten Tag loslief, um mir die CD zu kaufen. Danach war es erst mal über Jahre vorbei mit Clubs.

»Ich war«, sage ich, »total verliebt in Justine Frischman. Aber dann kam Damon Albarn um die Ecke und sie war mit ihm zusammen. Das war zwar einerseits irgendwie nachvollziehbar, aber hat andererseits auch ganz fürchterlich wehgetan.«

Die Schwarzhaarige lächelt mich an. Ich stelle fest, dass sie der Elastica-Sängerin tatsächlich ein wenig ähnlich sieht.

»Männer, was machen wir?«, frage ich.

»So viele Möglichkeiten gibt es ja nicht«, antwortet Immel. »Müsst ihr bis Prag noch mal anhalten?«

»Tank ist voll. Essen und Bier haben wir an Bord«, sagt der Fahrer.

Immel sieht mich an. Ich schaue zu Robert. Der verdreht die Augen.

»Nicht, dass wir eine Wahl hätten, oder?«, sagt er und er klingt, als hätte er sich schon damit abgefunden, dass es eine weitere Verzögerung geben wird. Er klingt aber auch, als würde ihm das gar nicht so viel ausmachen.

»Dann ist der Fall klar«, bestimme ich. »Nehmt ihr uns mit?«

»Ja«, entgegnet die Schwarzhaarige und sieht mich aus dunkelbraunen Augen an. Mein Herz stolpert und mein Magen kribbelt.

Immel lehnt sich behaglich zurück und macht Schmatzlaute.

Ich frage mich, was das Schicksal mir sagen will. Ist es eine Hure oder führt es Gutes im Schilde? Ich weiß es nicht, aber es sorgt dafür, dass plötzlich das Elastica-Debüt aus den Boxen knallt und macht, dass alles gut ist.

13

Kurz vor Prag rufe ich Alex an. Ich brauche eine ganze Weile, bis ich ihr in groben Zügen die Situation erklärt habe. Sie wirkt am Ende des Gesprächs nicht so richtig überzeugt von meinen Ausführungen, hat aber soweit akzeptiert, dass sowohl meine Ankunft bei meinen Eltern als auch meine Rückkehr sich zu verzögern scheinen. Ihre Stimme klingt so, also würde sie nebenher arbeiten. Vermutlich noch an einem Auftrag, der bis morgen fertig sein muss. Sie ist nicht so richtig bei der Sache. Das fällt mir in letzter Zeit auf, dieser Tonfall. Der ist neu.

Immel sieht mich fragend an.

»Alles okay?«

»Keine Ahnung«, sage ich.

Immels Blick ruht weiter auf mir. Jetzt schau schon weg, denke ich.

Als Nächstes rufe ich bei der Versicherung an. Solche Telefonate machen mich immer nervös. Mein Knie sticht. Eine Altlast aus meiner fernen Jugend als Kreisligafußballer. Das Wetter und Nervosität machen sich in dem lädierten Gelenk gerne bemerkbar. Eine Frau Bold ist am anderen Ende der Leitung.

»Guten Tag, mein Name ist Paul Großmann. Ich habe ein Problem, von dem ich hoffe, dass Sie es lösen können.«

»Dafür bin ich ja da, mein Lieber«, erwidert sie.

»Äh, also, das ist ja schon mal gut zu wissen. Mein Auto steht auf einer Raststätte. Wir mussten von dort flüchten, weil diese Glatzen uns verfolgt haben. Wir sind jetzt gleich in Prag und müssen hier weg. Wir müssen nach Freiburg.«

»Verstehe ich Sie richtig? Sie sind zu Fuß vor Skinheads nach Prag geflüchtet?«

»Nein, wir hatten sozusagen ein Fluchtauto, wir wurden aufgegabelt.«

»Und wieso haben Sie Ihr Auto stehen lassen?«

»Weil die Faschos es umzingelt und demoliert haben.«

»Soll ich mit ihr reden«, fragt Immel.

»Nein, auf keinen Fall!«, entgegne ich etwas zu laut in den Hörer.

»Wie bitte?«

»Nicht Sie, ich rede mit meinem Kumpel. Immel, jetzt hau mal ab!« Immel entfernt sich ein paar Schritte.

»Konzentrieren Sie sich bitte, Herr Großmann!«

»Äh, ja, Entschuldigung.«

Immel lässt nicht locker: »Wir sind um unser Leben gerannt. Sag ihr das! Das war eine ganz enge Kiste!«

»Das tut doch nichts zur Sache«, schreie ich Immel an.

»Wieso tut das nichts zur Sache?«, fragt Frau Bold.

»Nein, ich habe nicht, also, was ich sagen will, wir bräuchten einen Ersatzwagen in Prag. Morgen. Ich habe ja diesen Schutzbrief, oder?«

»Ja, Sie haben einen Schutzbrief *Auto Plus* bei uns abgeschlossen. Der gilt für Diebstahl oder für den Fall, dass Ihr Auto liegen bleibt.«

»Das ist ja gewissermaßen beides der Fall. Man hat uns ja genötigt, das Auto stehen zu lassen.«

»Waren Sie denn schon bei der Polizei?«

»Nein, aber das mache ich noch.«

»Sag ihr, dass dein Vater im Sterben liegt, das hilft sicher!«, mischt sich Immel ein, der plötzlich wieder hinter mir steht. Er reißt mir das Handy aus der Hand.

»Sein Vater liegt im Sterben! Wir müssen nach Freiburg!«

Ich entwende ihm das Handy wieder.

»Tut mir leid, Frau Bold, ich habe hier ein Autoritätsproblem.«

»Also hören Sie, Herr Großmann, jetzt nehmen Sie Ihren Kumpel mal an die Leine. Und das mit Ihrem Vater tut mir leid. Ich weiß ja nun einigermaßen Bescheid. Aber ich muss da ein paar Sachen klären. Sie müssen auf jeden Fall zur Polizei. Kann ich Sie irgendwie erreichen?«

Ich gebe ihr meine Nummer.

»Und Finger weg vom Alkohol, Herr Großmann!«

»Ja, ist gut, ich werds mir merken.«

»Und immer deeskalieren, Herr Großmann. Sie sind doch Lehrer. Das steht hier. Kann ich mich auf Sie verlassen?«

»Aber ja!«

Ich lege auf, versuche meine Verwirrung zu ignorieren und stauche erst mal Immel zusammen.

Wir sind in Prag und haben beschlossen, die Band zum Gig zu begleiten. Im Club angekommen, betätigen wir uns zuerst als Bandroadies. Nachdem alles auf die Bühne geschleppt ist, wollen wir uns um eine Übernachtungsmöglichkeit kümmern, aber der Veranstalter bietet uns an, in der zweiten clubeigenen Wohnung zu bleiben. Die andere hat die Band.

Da wir nebenbei erwähnt haben, dass wir alle drei auch Rockinstrumente spielen, bietet uns die Band – sie nennen sich The Connection – an, im Zugabenteil ein, zwei Songs zu spielen.

Wir leihen uns Gitarre und Bass vom Veranstalter, der die Instrumente Backstage herumliegen hat und gehen in unsere Wohnung, um zu üben.

Die Räumlichkeiten sind extrem punkrockig, was Robert ein genervtes Stöhnen entlockt, mir aber gerade völlig egal ist. Und Immel sowieso. Ich setze mich auf ein ranziges Sofa und packe die Gitarre aus, eine Art osteuropäischer Stratocaster. Ich probiere Barrégriffe, *gniedele* ein wenig das Griffbrett auf und ab, doch nach fünf Minuten tun mir das Handgelenk und die Fingerkuppen weh.

»Oh je, es ist zu lang her«, jammere ich frustriert.

»Nix da!«, schreit Immel. »Wir ziehen das jetzt durch. Jetzt reiß dich zusammen. Nicht immer gleich aufgeben, wenn es ernst wird.«

Ich schlucke.

Wir einigen uns auf zwei Songs und sprechen sie mit der Band ab, deren Drummer uns unterstützen wird. Wir finden die Akkorde und den Text im Internet und nach dem Soundcheck von The Connection machen wir drei oder vier Durchläufe bis es ordentlich klingt und wir uns zutrauen, das tatsächlich heute Abend live zu bringen.

Mein Handy klingelt.

»Hallo, Frau Bold! Schön, dass Sie mich zurückrufen.«

»Hallo, Herr Großmann. Waren Sie bei der Polizei?«

»Ich bin gerade auf dem Weg.«

»Lassen Sie das. Gehen Sie, wenn Sie wieder in Deutschland sind. Das bringt jetzt nichts. Also, ich habe Ihnen einen Wagen besorgt. Das war gar nicht so leicht. Dafür habe ich einen gut bei Ihnen.«

»Äh, ja. Klar.«

»Und Finger weg von den Tschechinnen, Herr Großmann. Sie sind verheiratet, vergessen Sie das nicht.«

Ich habe große Probleme zu begreifen, was ich da höre. Ich weiß nicht, was man darauf erwidert und schweige.

»Herr Großmann?«

»Ja?«

»Denken Sie daran: In der dunklen Nacht der Seele ist es immer drei Uhr morgens.«

In der Literaturtheorie nennt man das, was sich hier gerade öffnet, eine postmoderne Falltür. Die Figur fällt hindurch und seine Welt ist eine andere. Wie Alice und ihr Kaninchenbau. Wohin soll ich Frau Bold folgen? Was will sie von mir?

»Herr Großmann?«

»Ja, äh, danke für den Hinweis.«

»Gerne. Hier können Sie den Wagen abholen.«

Sie gibt mir eine Adresse und verabschiedet sich schnörkellos. Unter meine Erleichterung mischt sich fast so etwas wie Enttäuschung über dieses abrupte Ende des Gesprächs.

14

Kurz darauf gehen wir mit der Band ein paar Häuser weiter etwas essen.

Die Musiker studieren in Leipzig und basteln daneben seit zwei Jahren mit The Connection an ihrer Musikkarriere. Der Drummer – er war der Fahrer unseres Fluchtautos – heißt Mirko und steht auf britischen Postpunk der späten Siebziger.

Der Hauptsongwriter, ein eher introvertierter schwarzgewandeter, mehrfach gepiercter Schönling mit dunkler Out-of-Bed-Frisur, wird von den anderen Ben genannt.

Die Bassistin, Stella, ist etwa eins achtzig groß und sieht mit ihrem Kopftuch ein wenig aus wie *Der kleine Pirat*. Nur in Groß. Sie ist genau Immels Typ. Optisch sowieso mit ihren Dreads, aber auch, weil er aus irgendeinem Grund auf Bassistinnen steht.

Die Sängerin und Gitarristin heißt eigentlich Mia, aber ich beschließe, sie Justine zu nennen. Sie studiert Amerikanistik und Philosophie und trägt eine enge Lederhose mit Blondie-T-Shirt.

Wir erzählen den Musikern in groben Zügen unsere Geschichten.

»Dann seid ihr ja richtig alt«, sagt Mirko.

»Danke«, entgegne ich grinsend, »ganz so deutlich hättest du das ja auch nicht sagen müssen.«

»Und hast du dann auch ein Reihenhaus mit Gartenzwerg in Pankow?«, fragt er lachend.

»Ehrlich gesagt, ja«, sage ich. »Und bevor du weiterfragst, ich gehe abends nicht mehr aus dem Haus, ich trinke ein Glas Rotwein, höre dazu etwas Jazz und schlafe um halb zehn vor dem Fernseher ein und am Samstag stelle ich sicher, dass auch alle Nachbarn ihre Straße fegen und jeden Sonntagabend schaue ich Tatort.«

»Wie meine Eltern«, unterbricht mich Stella tonlos.

»Ich will nicht werden, was mein Alter ist«, sagt Immel und strahlt Stella an.

»Der Kampf gegen die eigene Spießbürgerlichkeit«, sage ich, »ist fast nicht zu gewinnen. Nach dem Abi steht alles sperrangelweit offen. Aber jedes Jahr wird der Weg enger, bis man sich vorkommt wie die Maus in Kafkas Parabel. Irgendwann kriegen sie einen. Und dann trinkt man koffeinfreien Sojamilchkaffee und trägt eine praktische Kurzhaarfrisur und orangefarbene Funktionskleidung aus dem

Outdoor-Shop. Und dann geht es einem wie diesem Typen in dem Lied von Talking Heads: *You may find yourself behind the wheel of a large automobile, you may find yourself in a beautiful house with a beautiful wife, you may ask yourself, well, how did I get here?* Also bleibt jung, solange ihr könnt.«

»Darauf einen Dujardin«, ruft Immel und wir prosten uns zu.

»Man kann natürlich auch so ein Berufsjugendlicher wie Immel werden«, mache ich weiter, »der mit 40 noch ganzjährig Festival-Bändel ums Handgelenk trägt oder mit verwaschenen Band-T-Shirts rumläuft.«

»Vorsicht, Herr Lehrer«, sagt Immel grinsend, »nur weil du heute ausnahmsweise mal auf das Tweed-Jackett und die Breitcordhose verzichtet hast.«

»Echt?«, fragt Justine interessiert. »Läufst du sonst so rum?«

»Quatsch«, sage ich sofort, um diesen Eindruck sofort zu zerstören.

Als ich wieder aufschaue, sehe ich Justines Blick, der auf mir ruht. Ich bekomme einen trockenen Mund.

»Also doch Rockstar, oder?« Mirko blickt Ben an, der ihm ernst zunickt.

»Ja, warum nicht?«, sagt Immel. »Es zwingt einen ja niemand, einen Beruf zu wählen, bei dem man zwölf Stunden am Tag arbeiten muss und man danach zu gar nichts anderem mehr in der Lage ist, als ein langweiliger Sack zu sein.«

Er schaut Robert an, der die Anspielung natürlich sofort versteht.

»Ein Lehrer und ein Langzeitarbeitsloser dozieren über den Sinn des Lebens. Großartig. Glückwunsch. Schon mal was davon gehört, dass es auch Lebenskonzepte gibt, bei denen man Verantwortung für andere übernimmt, was vielleicht nicht nur vier Stunden am Tag geht? Und nach zwölf Stunden Darmdurchbrüche flicken und am offenen Herzen operieren ist man vielleicht wirklich zu nichts anderem mehr in der Lage, als abends Fußball oder Quizshows zu schauen.«

»Halt mich da raus!«, erwidere ich. »Was meinst du denn, warum sich fast alle Lehrer frühpensionieren lassen? Sicher nicht, weil das so ein lockerer Halbtagsjob ist!«

»Egal, was man macht«, sagt Immel, »es geht am Ende immer darum, ob man ein bequemer Sack wird oder ob man sich dagegen wehrt. Das Leben ist immer anstrengend und der Alltag fordert immer seinen Preis. Und ich weigere mich einfach samstagabends *Schlag den Raab* zu schauen, so erschöpft und willenlos kann ich gar nicht sein. Ich werde doch keine 800 Jahre alt, dass ich meine Zeit mit diesem Unfug verplempern kann!«

Immel lehnt sich zurück.

»Schwester!« Er meint die Bedienung. »Wir brauchen hier mehr Bier.«

Robert blickt finster in sein fast leeres Glas.

»Und was ist mit dir?«, fragt ihn Stella.

»Mir wären ein paar Turbulenzen weniger wesentlich lieber.«

»Puh, das ist ja alles fürchterlich«, sagt Stella.

»Also«, sagt Justine, »sehe ich das richtig? Man kann nicht jung bleiben, kann mit 40 auch nicht mehr so tun, als ob man es sei, und wenn man sich wie ein Erwachsener verhält, verspießert man zusehends und dann bekommt man die Krise, die Frauen machen Töpferkurse oder gehen mit dem Arbeitskollegen fremd, während sich die Männer gleich eine jüngere Geliebte suchen. Trifft es das so in etwa?«

Selbst Robert muss jetzt wieder grinsen.

»Ja«, sage ich, »so etwa kann man dieses Dilemma zusammenfassen.«

»*There must be some way out of here*«, singt Justine mit einer unglaublichen Stimme. »Wollt ihr etwa sagen, dass Dylan damit unrecht haben könnte?«

Immel und ich sind sofort wie vom Donner gerührt.

»Das ist genau das Problem.« Ich finde als Erster meine Sprache wieder. »In den Sechzigern konnte man so etwas noch glauben, da gab es klare Feinde, ein System, gegen das man sich auflehnen konnte. Heute bin *ich* Teil des Systems. Ich *repräsentiere* sogar das System. Oh Mann.«

Ich schlage theatralisch die Hände vors Gesicht.

»Nix!« ruft Immel. »*His Bobness* hat immer recht. Und ohne die abgedroschene Phrase vom Sich-neu-Erfinden zu bemühen, aber man muss unberechenbar bleiben, auch für sich selbst. Wir sollten keine Angst vor dem Tod haben, sondern vor einem schlechten Leben. Wieso kennt ihr überhaupt Bob Dylan? Ihr seid doch viel zu jung.«

Immel verschüttet sein halbes Bier, weil er beim Reden dauernd das Glas auf den Tisch knallt.

»Hören wir oft im Bandbus, wenn wir nicht gerade halb geriatrische Wandergruppen aus Lebensgefahr retten müssen«, sagt Mirko.

»Bob Dylan hören die, das gibt es doch nicht«, schreit Immel. »Noch eine Runde Bier, bitte!«, ruft er ins Lokal.

15

Neun Uhr abends. Langsam füllt sich der Club mit tschechischem Indie-Rock-Volk. Wir sitzen Backstage und freuen uns auf und für die Band. Robert und Stella unterhalten sich angeregt, Immel dreht Zigaretten und blickt immer mal wieder missmutig in Richtung der beiden. Mirko reicht lustige bunte Pillen herum.

»Nein, danke, ich habe Familie«, sagt Immel, bevor er munter zugreift. Robert ist offenbar wirklich alles egal, er nimmt sich gleich mehrere. Das habe ich noch nie gemacht. Vor allem, was über einen Joint hinausging, hatte ich schon immer einen Heidenrespekt. Ich zögere. Ich will nicht die Kontrolle verlieren. Und irgendwie fühle ich mich auch ein wenig verantwortlich für meine beiden leichtsinnigen Kumpels. Andererseits hat die letzte Nacht mit dem Koks und allem irgendetwas in mir ins Wanken gebracht. Wie eine Schleuse, die sich langsam und unaufhaltsam immer weiter öffnet. Ich nehme eine halbe.

Gegen zehn Uhr beginnt die lokale Vorband. Sie spielen melodischen Punk. Die Stimmung im Raum ist jetzt schon prächtig. Gegen elf Uhr beginnen The Connection. Sie sind großartig und sehen verdammt gut aus auf der Bühne. Wir grinsen uns an.

Justine ist höllisch cool. Stella auch. Die Typen im Publikum verfallen ihnen reihenweise. Vor Ben bildet sich eine Traube Indie-Mädels. Die Musik knallt gut rein.

Ihr Hit ist ein Song mit dem Titel *Crawl. »I wanna see you crawl. Crawl into my room. I will show you who you are and what you really want in my room«*, singt Justine. Sie sieht mich an und lächelt. Mein Magen versucht abzuheben. Mein Herz tanzt und fährt Achterbahn. Ein Gefühl, das ich lange nicht mehr hatte, und das ich offenbar mehr vermisst habe, als ich gedacht hätte. Ich weiß nicht, ob Justine oder die Pille für meinen Gefühlsüberschwang verantwortlich sind.

Viele Leute kennen die Songs und singen laut mit.

Irgendwann kommt der Zugabenteil. Justine erzählt auf Englisch eine Kurzfassung der Ereignisse des Tages. Plötzlich stehen Robert und Immel neben mir. Wir schauen uns an. Nach Justines Ansage entern wir die Bühne.

Robert nimmt den Bass, ich die Gitarre. Mirko bleibt am Schlagzeug und Justine an der zweiten Gitarre. Immel baut sich vor dem Mikro auf.

Ich spiele das Intro von Elasticas *Connection.* Die Leute schreien. Immel und Justine teilen sich die Vocals. *Another heart has made the trade. Forget it, forget it, forget it. I don't understand how a heart is a spade. But somehow the vital connection is made.* Ich bin selig. Das klingt gut. Besser als bei unserem ersten und einzigen Auftritt bei dieser unseligen Silvesterfeier, als ich in der Mitte des ersten Liedes meinen Verstärker auf null gedreht habe, weil mir gleich beim ersten Akkord eine Saite riss, und die Gitarre genauso verstimmt war wie ich betrunken. Gemerkt hat das niemand – außer Immel, dem plötzlich die Harmonien zum Singen fehlten –, weil die meisten entweder betrunken oder viel zu feiergeil waren, um sich von so einer Lappalie stören zu lassen.

Robert springt neben mir auf der Bühne herum wie ein Irrer. Müssen die Tabletten sein, er ist sonst nicht der Typ, der wie ein Irrer durch die Gegend springt.

Es folgt *Last Nite* von The Strokes. Auch das klingt erstaunlich gut. Immel hält den Songtext in der Hand, sodass Justine ihn auch sehen kann. Das Publikum singt den Text lauthals mit.

And people, they don't understand, your girlfriends, they don't understand, your grandsons, they won't understand, on top of this I ain't ever gonna understand.

Justine strahlt mich an. Immel und sie singen zu zweit in ein Mikro wie Bruce und Little Steven, nur dass Justine besser aussieht als beide zusammen.

Nach dem Konzert läuft Konservenmusik. Ich tanze und bin außer mir. The B-52s, The Clash, Arcade Fire, Interpol. Das ist das Indie-Rock-Paradies. So viele gute Lieder am Stück habe ich in der Öffentlichkeit seit 20 Jahren nicht mehr gehört. Ich fühle mich jung wie lange nicht mehr. Ich muss an den Film *Dazed and Confused* denken, der einem das Gefühl unendlicher Freiheit vermittelt, das die meisten mit 17 am letzten Schultag vor den Sommerferien haben. Vielleicht, denke ich, besteht die Kunst darin, als Erwachsener hin und wieder dieses Gefühl herzustellen.

Allerdings darf man auch nicht wie so ein ehemaliger Schulhofkönig werden, der abgehalftert mit Baseballmütze in der Kleinstadtbar sitzt und in einer nostalgischen Endlosschleife festhängt. *Glory days, going back.*

Während ich all das denke, tanzt mein Körper einfach weiter.

Bei Marina & the Diamonds *I Am Not a Robot* stößt mich Justine an. Sie tanzt vor mir und schaut zu mir hoch. Ich fasse sie um die Taille. Was mache ich da?

»Ich will dich heute Nacht in Versuchung führen«, schreit sie mir ins Ohr.

Die Falltür öffnet sich wieder. Das ist das zweite Mal in meinem Leben, das eine Frau mir so deutlich mitteilt, was sie will, dass selbst ich es nicht übersehen kann.

»Ich kann allem widerstehen, außer der Versuchung«, schreie ich zurück.

Bis zu meinem 18. Lebensjahr war das mit den Frauen ein unwürdiges Trauerspiel, es folgten ein oder zwei verkrampfte Erfahrungen, dann kam Nina und hat mir das Herz gebrochen und als die Zeit und ich es gemeinsam gerade wieder notdürftig zusammengeflickt hatten, kam Alex und ich war Vater und dann kam nichts mehr und das sollte es auch nicht. Und jetzt steht Justine vor mir und grinst mich frech an.

Wir tanzen. Immel rempelt mich an. Wir klatschen uns ab. Robert kommt dazu. Wir bilden einen Kreis wie eine Fußballmannschaft kurz vor dem Anpfiff.

Immel wankt zur Bar. Robert tanzt mit Stella.

Ben lehnt knutschend an einer Wand.

Justine erscheint wieder aus dem Gedränge, fasst meine Hand und zieht mich von der Tanzfläche und vor die Tür.

»Hier werden wir nirgends alleine sein können«, sagt sie.

Ich überlege kurz.

Ich weiß nicht, was mich reitet, aber ich sage: »Komm, wir nehmen ein Zimmer.«

Jetzt wird es ernst, denke ich. Ich mache das jetzt. Ich kann nichts dagegen tun. Und vor allem: Ich will es auch gar nicht.

Justine geht hinein und kehrt drei Minuten später zurück. Ich schreibe Robert eine SMS und wir ziehen los.

Zehn Minuten später sitzen wir bei einer offenen Flasche Rotwein und Plastikbechern rauchend auf dem Bett eines Hotelzimmers.

»Bist du glücklich?«, fragt Justine.

»Im Moment auf jeden Fall.«

»Und sonst?«

»If you've got five seconds to spare, I'll tell you the story of my life«, singe ich.

»Lenk nicht ab«, sagt sie.

»Glück ist ein großes Wort und es macht durch Höhe wett, was ihm an Länge fehlt. Ich glaube nicht, dass man auf Dauer glücklich sein kann. Zufrieden, ausgefüllt, gefordert, geliebt, so was alles schon eher.«

»Wieso sitzt du dann hier?«

»Wenn du solche Fragen stellst, wird das aber nichts mit uns heute Nacht«, sage ich.

Wir rauchen schweigend.

»Du hast mir gefehlt«, sage ich. »Also nicht du natürlich, aber jemand wie du.«

Sie grinst.

»Na ja, schon du, nicht irgendjemand. Das konntest vielleicht nur du sein. Ach, was weiß ich.«

»Also bist du noch nie fremdgegangen?«

»Nein! Um Gottes Willen.«

»Warum jetzt?«

»Und du? Keinen Freund?«

Sie bläst mir Rauch ins Gesicht.

»Ich bin jedenfalls nicht verheiratet.«

Ich nicke.

»Und jetzt?«, frage ich.

»Sag du es mir.«

Ich schenke Wein nach.

»Die monogame Paarbeziehung«, beginne ich, »ist ein zweischneidiges Pferd ...«

Sie lacht und prustet Wein aufs Bett.

»Ich rede doch jetzt nicht mir dir über meine Beziehungsprobleme. Wo kommen wir denn da hin?«, sage ich.

Justine sieht mich an.

»Na ja, das ist aber auch alles ein Scheiß«, bricht es aus mir heraus. »Irgendwann hören die Hormone einfach auf, Disco zu tanzen und dann wird das Ganze harte Arbeit. Man soll guten Sex haben, am besten mehrmals die Woche, man soll auch emotional intim sein und voller Hingabe seine Freizeit zusammen gestalten, gemeinsame Interessen haben, oder sich zumindest ganz arg für die des Partners interessieren, beide sollen beruflich ausgefüllt sein und zusammen zieht man noch die Kinder groß, die natürlich aufs Gymnasium gehen, diverse Instrumente spielen und reiten. Das ist doch Wahnsinn. Das kriegt doch keiner hin.«

Sie lächelt mich an.

»Und das ist dann der Punkt«, fahre ich fort, »an dem man sich die entscheidende Frage stellt: Soll ich mir einen Sportwagen oder eine Praktikantin als Geliebte zulegen.«

»Und«, fragt sie, »wozu tendierst du?«

Ich blicke sie an. Sie ist wunderschön.

»Ich habs nicht so mit Autos.«

Sie lächelt und senkt den Blick.

»Und du, was willst du vom Leben?«, frage ich sie.

Sie raucht und blickt zur Decke.

»Musik machen und mein Studium beenden.«

»Müsstest du für die Musik nicht den ganzen Weg gehen? Wie sehr willst du das?«

»Sehr, aber nicht um jeden Preis. Ich bin realistisch genug, was eine Profimusikerkarriere angeht. Ich habe keine Lust, nachher Musikunterricht geben zu müssen und am Wochenende auf Hochzeiten Jazzstandards zu singen.«

»Das würde ich aber gerne hören«, sage ich. »Außerdem würde ich sofort Gitarrenunterricht bei dir nehmen.«

»Du bist süß.«

»Schau *dich* mal an.«

Wir machen Anstalten uns zu küssen, aber ein Rotweinbecher fällt um und alles läuft über die Bettdecke. Wir müssen lachen.

»Oh Mann«, stöhne ich, hole ein Handtuch und lege mich hin, den Kopf aufgestützt. Ich stelle mir Alex, Greta und Anouk in ihren Betten liegend vor und ein Gefühl unendlicher Melancholie und Sehnsucht überkommt mich. Ich bin wieder nüchtern. Was mache ich hier eigentlich, verdammt? Justine legt sich neben mich, den Kopf auch aufgestützt. Wir blicken uns minutenlang ernst an, dann umarmen wir uns und schlafen irgendwann ein.

16

Ich wache auf und blicke auf die Uhr, um zu entscheiden, ob ich noch weiterschlafen will. Zehn Uhr. Etwas wenig Schlaf insgesamt, aber schlafen wird sowieso überschätzt. Ich bin hellwach. Auf der anderen Seite des Bettes liegt Justine. Angezogen. Genau wie ich. Ich bin erleichtert über den Verlauf der Ereignisse.

Mein Kopf pocht leicht. Justine ist immer noch wunderschön. Ich küsse sie ins Genick. Sie knurrt.

»Morgen fahren wir weiter nach Pilsen, kommt doch mit«, murmelt sie in ihr Kissen.

»Ich muss zu meinen Eltern fahren. Eher nicht.«

Sie dreht sich um und schaut mich fragend an.

»Ich muss etwas mit meinem Vater klären, ich glaube, er stirbt bald.«

Sie nickt.

»Komm, lass uns frühstücken«, sagt sie.

Nach einem nicht sehr nahrhaften Frühstück gehen wir zurück zum Club und klingeln am Bandapartment. Ben öffnet uns. Er schaut uns ausdruckslos an und geht wieder rein.

Ich blicke zu Justine. Die zuckt mit den Schultern und atmet tief ein.

»Hör zu«, sagt sie. »Das war eine tolle Nacht. Danke für alles.«

Sie küsst mich auf den Mund.

»Ich besuch dich mal in Leipzig«, sage ich.

»Ja, klar.«

Sie dreht sich um und geht rein. Ich starre noch eine Weile auf die Tür, dann gehe ich in unsere Wohnung.

Immel sitzt auf dem Sofa. Er trägt immer noch sein Motörhead-T-Shirt. Ich setze mich zu ihm.

»Und?«, frage ich.

Er zuckt mit den Schultern.

Robert kommt dazu.

Immel schaut in die andere Richtung. Robert runzelt die Stirn.

Aha, denke ich. Tag drei. Erste Konflikte.

Zwei Stunden später sitzen wir in einem nagelneuen Opel. Auf Frau Bold ist Verlass. Wir haben beschlossen, zum Volvo zurückzufahren und unser Gepäck zu holen, bevor es noch geklaut wird.

Für Robert und Immel gab es kein Frühstück vor der Abfahrt und weil wir keine Musik im Auto haben, müssen wir Radio hören. Die Stimmung ist aber nicht nur deshalb auf dem Nullpunkt.

»Und sonst so, Herr Studiendirektor?«, fragt Immel dann doch irgendwann.

»I don't shame to wear a heart so white«, zitiere ich *Macbeth* ins Gegenteil. »Oder mit anderen Worten für die Nichtanglisten: Mein Herz ist rein.«

»Das heißt *was* genau?«, fragt Robert.

»Es war nichts«, entgegne ich.

»Jaja«, spottet Immel, »vielleicht ist man jetzt doch langsam in dem Alter, wo Viagra ein Thema wird.«

»Immel, darauf antworte ich nicht mal«, sage ich. »Es kam halt nicht dazu.«

»Gut so«, sagt Robert leise zu mir. Ich nicke ihm dankbar zu.

Wieder versinken die beiden in Schweigen. Jetzt reicht es.

»Also Schluss jetzt, ihr zwei. Was ist vorgefallen? Warum die langen Gesichter?«

»Pah«, macht Immel und schmeißt sich gegen die Rückenlehne.

Robert atmet tief ein.

Im Grunde kann ich es mir sowieso denken.

»Lasst mich raten. Es geht irgendwie um Stella?«

»Ach Stella, hör doch auf. Es geht um Robert!«

»Wieso denn um mich? Es war doch gar nix!«, schreit der zurück.

»Ach, komm schon. Lüg mich nicht auch noch an.«

»Sagt mal«, rufe ich, »habt ihr sie eigentlich noch alle? Ihr seid doppelt so alt wie Stella. Immel, du bist in einer Beziehung und Robert, du hattest vorletzte Nacht Sex mit einem Paar. Hackt es bei euch, oder was?«

»Ach, darum gehts doch gar nicht«, sagt Immel. »Ich habe es eh nicht so mit dem Körperlichen. Ich bin ja eher der Schöngeist.«

Robert muss grinsen. Immel hatte sicher von uns allen mit Abstand die meisten Affären und One-Night-Stands.

»Worum geht es dann?«, frage ich.

»Es geht darum, dass für den immer alles ein Wettkampf ist«, sagt Immel. »Der wollte nur an den Punkt kommen, wo klar war, dass er sie haben kann. Und nicht mal aus eigenem Interesse, sondern nur, weil ich mich für sie interessiert habe.«

»Ja, und selbst wenn«, erwidert Robert, »dann gib halt nicht gleich auf, wie du es immer tust, sondern häng dich mal rein. Kämpf doch mal um etwas.«

»Was ist denn eigentlich mit euch los?«, schreie ich jetzt.

»Das war schon immer so«, schreit Immel auch. »Weißt du noch, Paul, wie er mir in der Zehnten die Moni ausgespannt hat? Oder als ich dieses Moped bekommen habe und Robert sich gleich einen Ferienjob besorgt hat, um sich hinterher fast das gleiche zu kaufen – aber natürlich in der

De-luxe-Ausführung. Immer eins besser, immer noch eins drauf.«

»Verstehe ich das gerade richtig?«, fragt Robert ungläubig. »Du wirfst mir vor, dass ich für die Dinge arbeiten musste, die du einfach so bekommen hast?«

»Ach, darum geht es doch gar nicht.«

»Also, das verstehe ich jetzt aber auch nicht«, mische ich mich ein.

»Jaja, verbündet euch nur«, sagt Immel. »Das war auch schon immer so. Sag mal, Robert, hast du dich eigentlich gut gewaschen gestern Morgen? Nicht, dass du dir bei der Engelsfrau den weichen Schanker geholt und Stella angesteckt hast!«

»Du Depp!«, sagt Robert merklich gekränkt.

»Aber, Immel, sag du doch mal!«, wende ich ein, um ihn von Robert abzulenken. »Robert muss halt im Moment ein wenig die Sau rauslassen. Aber du hast doch eigentlich eine Freundin, das scheint doch etwas Ernsteres zu sein. Was wolltest du also von Stella? Wie lang willst du eigentlich noch so tun, als wärst du eine Figur aus einem Roman von Nick Hornby?«

»Genau«, sagt Robert, „werde mal erwachsen.«

»Erwachsen?«, schreit Immel. »Was soll das sein? Ein Euphemismus für opportunistisch, karrieregeil, betoniert, langweilig, feige, verlogen und bequem? Niemals!«

»Jetzt hör doch mal auf mit diesem Holden-Caulfield-Quatsch«, erwidere ich. »Du glaubst wohl auch immer noch, dass *I hope I die before I get old* ein cooler Satz ist.«

»Wenn ihr nicht so ungeschickt gewesen wärt, als ihr das erste Mal Sex hattet«, ereifert sich Immel, »wäre dein Leben auch anders verlaufen. Jetzt spiel dich hier nicht so auf.«

»Ja, aber deshalb weiß ich«, kontere ich, »Erwachsen werden bedeutet, dass man erkennt, was das für ein Schwachsinn ist. Genauso wie ›Live Fast, Love Hard, Die Young‹ und dieser ganze Quatsch. Du stirbst halt nicht den Rockstartod mit 27, dazu ist es schon zu spät. Du wirst statistisch 80 Jahre alt.«

»Pah, hör mir auf mit Statistiken. Statistisch müsste ich auch eine private Altersvorsorge haben. Es kann jeden Moment vorbei sein, so sieht es aus. Und ich weigere mich einfach, so viel Energie in eine ungewisse Zukunft zu investieren.«

»Ja«, mischt sich Robert wieder ein, »es *kann* jeden Moment vorbei sein, *wahrscheinlich* ist es das aber nicht. Die Frage ist doch, wie viele 40-jährige deutsche Männer jeden Tag aus heiterem Himmel sterben? *Du* hast doch unlängst auch über die Scheidungsrate doziert. Du drehst es dir *immer* wie du es brauchst.«

Wir haben Prag verlassen und fahren wieder durch so eine dünn besiedelte Gegend mit Ackerflächen, Wäldern und hin und wieder einem Braunkohleareal.

Minutenlang sagt niemand etwas.

Ich lege nach. »Du hast zu viel Springsteen gehört, diese ganzen Lieder über Typen, die immer abhauen wollen, alles hinter sich lassen, irgendwo von vorne anfangen. Und *On the Road* ist vielleicht mit 17 ein cooles Buch, aber irgendwann ist es ja auch mal gut damit, oder meinst du nicht?«

»*Du* hast mir doch den Kram zum Lesen gegeben«, sagt Immel mit lauter Stimme.

»Ja, mit 18, aber doch nicht mit 40«, sage ich.

»Wenn ich dir jetzt recht gebe, liegen wir beide falsch«, sagt Immel. »Wann *ist* denn der Zeitpunkt, an dem man sich sagt: So, das ist Jugendkram, das gilt jetzt nicht mehr? *It's better to burn out than to fade away,* sagt dir das was?« Immel rüttelt an meiner Rückenlehne.

»Genau das ist dein Problem«, sage ich. »Es gibt nicht nur diese beiden Möglichkeiten. Das ist zu billig und eine Ausrede dafür, dass man keine Verantwortung übernimmt. So hast du das schon immer gemacht, Immel. Bloß nie den ganzen Weg gehen, damit du hinterher sagen kannst, wenn du gewollt hättest, dann hätte es geklappt, aber du bist ja vorher ausgestiegen. Ich wette, du vergeigst das mit Weisbrod auch wieder. Du kommst zu spät oder stößt die Galerietypen vor den Kopf oder verpasst den Flieger nach New York. Und dann kannst du wieder deine Nummer abziehen. Das hatten wir schon mal, weißt du noch? Als du vor ein paar Jahren diese große Ausstellung hättest machen können und dann bist du besoffen zum Gespräch aufgekreuzt und hast die Kuratorin beleidigt und was weiß ich noch alles.«

Bevor Immel etwas erwidern kann, lädt Robert noch einmal nach.

»Du hättest mal lieber ein paar Western mit uns angeschaut damals. Du bist ein Feigling.«

Seit wir uns kennen, habe ich höchstens zweimal erlebt, dass Immel nicht das letzte Wort hatte. Aber von hinten kommt nichts mehr. Ich sehe im Rückspiegel, wie er düster brütend aus dem Fenster blickt.

17

Wir sind wieder an der Raststätte etwas westlich von Dresden und stehen vor den Überresten meines Volvos. Die Nazis sind offensichtlich noch mal mit Baseballschlägern zurückgekommen und haben Rache genommen. Ich hatte zum Glück nie so eine emotionale Beziehung zu meinem Auto, wie viele andere Männer. Es war halt praktisch, geräumig und hatte eine Anhängerkupplung. Die ich allerdings nie gebraucht habe. Wir schaffen es, eine Tür zu öffnen und holen unseren Kram, der zum Glück noch komplett ist.

»*Shit happens, then you die*«, sagt Immel.

»Wir werden ein größeres Boot brauchen«, sage ich.

»Kopf hoch, Günther, *so a schöner Tag*«, sagt Robert und klopft mir auf die Schulter.

Time to call Frau Bold.

Während man mich zu ihr durchstellt, fängt mein Knie an zu stechen.

»Herr Großmann, alles in Ordnung mit dem neuen Wagen?«, fragt Frau Bold.

»Ja, danke. Ich wollte nur sagen, ich stehe vor meinem Volvo an der Autobahnraststätte, wo wir ihn stehen lassen mussten –«

»– weil Sie um Ihr Leben gerannt sind«, unterbricht sie mich.

»Richtig. Und ich muss Ihnen sagen: er ist total demoliert.«

Ich höre, wie Frau Bold die Luft durch die Zähne einzieht.

»Herr Großmann, vergessen Sie nicht: Das Glück liegt nicht auf der Straße, das Glück ist die Straße.«

Dass Frau Bold jetzt auch noch Bob Dylan zitiert, zerrt an meinen Nerven. Mein Knie schmerzt stärker.

»Waren Sie denn jetzt bei der Polizei?«

»Äh, also noch nicht, aber wir sind auf dem Weg.«

»Und jetzt?«

»Also, wenn ich mir etwas wünschen dürfte, dann, dass Sie dafür sorgen, dass er abgeschleppt wird. In eine Werkstatt, wo ich ihn dann auf dem Rückweg abholen kann. Das müsste doch schutzbriefmäßig klargehen, oder?«

Immel klinkt sich ein: »Der Volvo ist total im Arsch! Die müssen den zahlen! Sag ihr das! Soll ich mal?«

»Nein, Immel, um Gottes Willen, lass das!«

»Wissen Sie was, Herr Großmann, ich regle das für Sie. Haben Sie denn ansonsten Spaß auf Ihrer Reise? Geht es Ihnen gut?«

Meine Knieschmerzen werden jetzt wirklich unangenehm.

»Ja, das kann man sagen, danke der Nachfrage.«

»Und wie war es in Prag?«

»Äh, na ja, es war schön da. Interessant.«

»Jemanden kennengelernt?«

»Also, Frau Bold, ich weiß wirklich nicht, ob ...«

»Sie wissen, Herr Großmann: Die Fantasie ist dem Menschen mitgegeben als Entschädigung für das, was er nicht ist, und der Humor als Trost für das, was er ist!«

Mein Gehirn weigert sich zu reagieren. Ich bin wieder im Kaninchenbau. Frau Bold ist eine Trickster-Figur. Sie gibt vor, sich auszukennen auf der anderen Seite. Sie gibt vor, mir zu helfen. Was sie in Wirklichkeit will, ist unklar. Die Literaturgeschichte kennt da verschiedene Varianten. Vermutlich plant sie, mich irgendjemandem auszuliefern. Einer unheimlichen Behörde, wo man mich dann foltert und ich zu schreien versuche, aber merke, dass ich keinen Mund mehr habe. Oder sie ist Tyler Durden und plant als mein Alter Ego eine Weltverschwörung.

»Und gehen Sie zur Polizei! Ohne Polizei geht gar nichts.«

»Okay. Tschüss, Frau Bold.«

»Tschö mit ö! Und grüßen Sie Herrn Immel.«

Ich drücke das Gespräch weg und starre mein Handy an.

Dann habe ich eine Idee. Ich führe ein weiteres Telefonat.

»Kommt, wir trinken einen Kaffee, Männer«, schlage ich anschließend vor.

Wir gehen in die Raststätte.

»Sorry, Immel, wegen vorhin«, sage ich.

»Ja, von mir auch«, sagt Robert. »Es war wirklich nichts mit Stella. Wenn wir sie noch mal treffen sollten, versuche dein Glück. Ich werde euch nicht in die Quere kommen.«

Immel grinst. »Wie gütig von dir. Aber lass mal, alles gut.«

»Männer«, sage ich strahlend, »ich habe gerade mit unserem alten Freund Gerry Wuttke in Frankfurt telefoniert. Er lädt uns für heute ein und verspricht Abendunterhaltung de luxe. Was meint ihr?«

Immel strahlt mich an.

Robert sieht auf seine Uhr.

»Dann müssen wir aber morgen durchfahren«, sagt er. »Und am Sonntag gleich zurück. Reicht dir das für das Gespräch mit deinem Vater, Paul?«

Reicht mir das? Ich weiß es nicht. Ich weiß ja nicht mal, worum es geht.

Mein Vater will mich sprechen. Diese Vorstellung macht mir eine Heidenangst.

Vielleicht glaubt er, reinen Tisch machen zu müssen vor seinem Tod. Das würde mich allerdings wundern, nicht nur, weil das hieße, dass er sich tatsächlich mit der Möglichkeit des Sterbens auseinandersetzte, also mit etwas, was sich völlig seiner Kontrolle entzieht. Vor allem meiner Mutter zuliebe habe ich zugesagt, für ein paar Tage zu meinen Eltern zu fahren, um dieses Gespräch zu führen.

Sie wird ganz schön enttäuscht sein, dass mein Aufenthalt nur wenige Stunden währen wird.

»Ja klar, reicht«, sage ich.

»Also dann, von mir aus Frankfurt«, sagt Robert.

»Gerry Wuttke, der helle Wahnsinn!« Immel klopft vor Freude auf den Tisch. »Ich verspreche mir von diesem Besuch das volle Ergo-Incentive-Programm mit Champagner, Havannas, Stangenbar und Puff«, sagt Immel.

Gerald Wuttke war der einzige in unserer Oberstufe, der zumindest lose mit uns drei verbandelt war. Alle anderen mieden wir, so gut es ging.

Er war als Schüler genauso zielstrebig wie durchgeknallt. Eine seltsame Mischung, wenn man es recht überlegt. Für jeden Mist zu haben, aber dabei immer sehr seriös wirkend.

Er wusste schon in der zehnten Klasse, dass er eine Banklehre machen und danach möglichst viel Geld verdienen wollte. Darauf konzentrierte er sich im Unterricht, er wollte den bestmöglichen Abi-Schnitt und bekam ihn auch, darin ähnelte er Robert. Ich glaube nicht, dass auch nur ein einziger unserer Lehrer ahnte, dass unter Wuttkes glatter Oberfläche, bestehend aus Scheitel, Hemd und Designerjeans, der Wahnsinn lauerte.

Ich erinnere mich, wie wir uns eines Abends zum Grillen am See verabredeten und niemand an Holz gedacht hatte. Am See gab es keines mehr. Wir hätten schon einen Baum fällen müssen, aber das schien uns dann doch zu aufwendig. Also waren wir mit dem Auto unterwegs, in Immels Golf, den er pünktlich zum 18. Geburtstag vor der Türe stehen hatte. Wenn ich mich richtig erinnere, bin ich gefahren, als Wuttke plötzlich schrie, ich solle sofort anhalten. Er stürmt aus dem Auto in einen Hof hinein, in dem ein etwa 10-jähriger Junge Fußball spielt.

»Ist dein Vater da?«, schrie er den Jungen an.

»Äh, nein«, antwortete der verschüchtert.

»Hör zu, Junge! Er hat uns hierhergeschickt. Wir sollen Holz holen. Alles klar?«

Der Junge nickte und zeigte zaghaft in Richtung Holzstapel neben der Garage.

Wuttke winkte uns aus dem Auto und lud jedem von uns so viele Scheite auf, wie wir tragen konnten. Wir schmissen das Holz ins Auto.

»Ciao, Junge, bis bald. Los, Immel, gib Gummi.«

So war Wuttke.

Nach seiner Lehre bei der Deutschen Bank machte er recht schnell seinen Weg in die Hochfinanz, ist jetzt Broker an der Frankfurter Börse und verdient im Monat mehr als wir alle zusammen im Jahr, wie ich vermute.

Bevor wir losfahren, rufe ich noch Alex an und schildere ihr die neuesten Entwicklungen. Nicht alles, natürlich. Ich bin wahnsinnig froh, dass es mit Justine nicht zum Äußersten gekommen ist. Alex ist gerade auf dem Sprung irgendwohin und wirkt fahrig.

Sie sagt, wir sollen unseren Männertrip genießen, aber ich nehme es ihr nicht so recht ab. So, wie sie gerade im Stress ist, kommt ihr das, was ich ihr erzähle, vermutlich wahnsinnig albern und pubertär vor.

Womit sie natürlich völlig recht hat.

18

Es ist kurz vor sechs, als ich bei Aschaffenburg ein Schild mit der Aufschrift »Autobahnpolizei« sehe. Geistesgegenwärtig nehme ich die Ausfahrt.

Ich will, dass Frau Bold zufrieden mit mir ist.

Immel befehle ich, im Wagen zu bleiben. Ich will nicht mit ihm und einem Polizisten im selben Raum sein.

Auf der Wache empfängt mich ein untersetzter Beamter mit Bluthochdruckgesicht.

»Guten Tag, mein Name ist Paul Großmann. Ich möchte ein zerstörtes Auto melden. Es wurde von vier Skinheads demoliert und steht auf einem Rastplatz südlich von Dresden.«

Er schaut mich an.

»Ich soll das melden. Frau Bold will es so.«

Er erhebt sich langsam, ohne den Blick von mir zu nehmen.

»Isch sach Ihne, was mir jetz mache, Herr …?«

»Großmann«, sage ich.

»Großmann!« Er haut mit der Hand auf den Tisch, dass ich zusammenzucke.

»Isch hab die Schnauze voll von denne Aaschgeige. Mir fahnde jetz gnallhatt. Denne lasse mir keine Schanse. Sache Se mir alles, was Se wisse. Denne Kadedde lege mir jetz des Handwerg, die lasse mir net ungeschore davonkomme. Mansche sage ja, des Broblem wird hochsterilisiert, aber isch weiß Bescheid. Mir kann niemand was erzähle! Isch geh davon aus, dass Se des Kennzeische parat habbe? Was für en Auto habbe die denn gefahre?«

»Es war ein blauer Golf.«

Immel betritt das Revier. Ich flehe ihn mit Blicken an, sich rauszuhalten.

»Herr Wachtmeister«, sagt er. »Walten Sie Ihres Amtes. Wir waren in Lebensgefahr.«

»Lebensgefaaah. Des is gut, des muss sofort ins Brodokoll.«

Der Polizist fuchtelt mit einem Papier herum. Er hat tatsächlich noch eine Schreibmaschine auf seinem Schreibtisch stehen. Er macht Anstalten, das Papier einzuführen, wird jedoch immer wieder von seinem Enthusiasmus für unsere Angelegenheit daran gehindert.

Ich sehe, wie Immel zu grinsen beginnt. Sein Kinn zittert und seine Schultern zucken bedenklich. Er kämpft gegen einen ganz schlimmen Lachimpuls an. Ich blicke streng zu ihm, da ich weiß, wie wenig Immel sich kontrollieren kann, wenn er mit Staatsbediensteten zu tun hat. Ich will das hier erfolgreich abschließen, um endlich Frau Bold von der Backe zu haben.

»Sin sie aach n Betroffene?«, fragt der Beamte Immel.

»Und wie! Wir konnten denen nur mit knapper Not entkommen, Herr Schutzmann. Das waren ganz gemeingefährliche Subjekte. Die wollen nur Hass und Zerstörung. Sie müssen da ganz knallhart vorgehen.«

Immel lacht jetzt tatsächlich, aber der Beamte merkt es in seiner Begeisterung zum Glück nicht.

»Gnallhatt! Genau. Meine Worde, junger Mann. Genau meine Worde!«

Er fuchtelt wieder und haut mit der Hand auf den Tisch.

Immel geht raus, weil er es nicht mehr aushält, ohne dass der Polizist davon Notiz nimmt. Meine Ganzkörperverkrampfung löst sich langsam wieder.

»Normaalerweise sin die ja schwer zu erwische, weil die sich ja selde auf frische Dat ertappe lasse. Ma meint ja immer, die sin e bissi doof, aber neee! Das sin ganz gewiefte Kadedde, sach isch Ihne. Des is oft eine Wahnsinns-Syphilisarbeit, die zu erwische. Abber jetz is Schluss. Jetz mache mir kurze Prozess mit denne!«

Mittlerweile ist es ihm gelungen, das Formblatt in die Maschine einzuziehen.

»So, jetz lasse mir des Ganze nochemol sysdemadisch paroli laufe. Also, da hädde mir den Herrn Großmann, Paul, rischdisch? Und den Herrn ...?«

Ich versuche ihm zu sagen, wie Immel tatsächlich heißt, aber es geht nicht. Immels Name fällt mir einfach nicht ein.

»Ei, wo isser denn jetzt hin, Ihr Freund? Ebbe war er doch noch do? Des is jetz blöd. Zwei Zeusche wäre besser als wie nur einer. Gut, gut. Isch sach Ihne. Morge früh steht bei denne eine Streife vor de Tür und dann Gnade denne Gott! Dann werde die Kadedde eigesackt! Versuchte Körperverletzung, Sachbeschädischung. Da kommt einisches zusamme, da werde die mal sehe, wie des is, wenn ma sisch mit uns anlescht, oder, Herr Großmann?«

»Ja, unbedingt.«

Er lacht gluckernd.

»Sehe Se, mir verschdehe uns, gell? Also, wo is des Ganze jetz vorgefalle?«

»In der Nähe von Hoyerswerda ging es los mit der Verfolgung. Auf einer Raststätte bei Dresden haben die uns aufgelauert –«

Immel kommt wieder rein. »Und verfolgt«, sagt er. »Das war arschknapp. Mit Baseballschlägern –«

»– und dort steht jetzt das demolierte Auto«, beende ich unseren Bericht.

Der Beamte hört sich unsere Ausführungen fasziniert an.

»Wahnsinn, da habbe Se ja noch rischdisch Glück gehabt! Am Ende des Dages rischdisch Glück. Un Ihr Audo, wo isn des jetz?«

»Na, immer noch auf der Raststätte an der A 4 bei Dresden.«

Er schreibt wie wild auf seiner Schreibmaschine. Er zeigt auf das Blatt.

»Mit dem Brodogoll hier mach' mir die ferdisch. Da wächst kein Gras mehr, wenn mir mit denne ferdisch sen. Also, der Datort is bei Dresden?«

Er hält inne und schaut uns mehrere Sekunden an.

»Ja Moment emol. Dresden, des is jo Sachsen? Do simmir gar nit zuschdändisch. Do kann isch jo gar nix mache. Da müsse Se bei de Kollechen vor Ort vorschdellisch werde. Des dut mir jetz leid.«

Ich starre ihn an. Neben mir pfeift und gluckert es. Immel ist am Ende seiner Körperbeherrschung angelangt. Ich schiebe ihn schnell hinaus, wo wir laut loslachen.

Wir gehen zurück zum Auto, wo Robert Musik hörend auf uns wartet.

»Und?«

»Zuständigkeitsproblem, wir müssen nach Sachsen.«

19

Hey, ihr Stricher! Ihr seht ja noch genauso bescheuert aus wie früher!«

Gerald Wuttke steht mit ausgebreiteten Armen in der Tür zu seinem Penthouse.

»Gerry, du alte Scheiße!«, sagt Immel.

Nacheinander umarmen wir Gerald.

Die Wohnung sieht so aus, wie man sie in einem Film über einen Börsentypen darstellen würde. Design ohne viel Schnickschnack, viel Glas, schwarz und Edelstahl, tolle Aussicht über eine hässliche Stadt.

»Für die Küche hat es nicht gereicht?«, fragt Immel.

Tatsächlich. Dort, wo sich eigentlich die üblichen Küchenmöbel befinden sollten, klaffen noch Löcher. Nackte Leitungen und Schläuche hängen aus der Wand.

»Bin erst vor einem halben Jahr eingezogen und kam noch nicht dazu, mir was auszusuchen. Aber ich koche eh nie. Esse immer auswärts.«

Wir bewundern noch ein paar Minuten ausgiebig die völlig aberwitzige Wohnung.

Gerry sieht ein wenig aus wie Paul Scholes, der Fußballer, fällt mir auf. Er trägt, soweit ich das beurteilen kann, eine teure Anzughose, dazu ein weißes Hemd.

»Und du hast dir mal was Legeres angezogen heute Abend?«, frage ich.

»Bin gerade von der Arbeit gekommen. Ich kann halt nicht in Turnschuhen und raushängendem Hemd zur Arbeit wie du.«

»Und mächtig Schweinebäuche verkauft heute?«, fragt Immel, bevor ich etwas Schlaues erwidern kann, aber Schlagfertigkeit ist sowieso das, was einem hinterher einfällt.

»Puah, Schweinbäuche«, sagt Gerry. »*Die Glücksritter*, muss ich unbedingt mal wieder anschauen. Wisst ihr noch, Mortimer und wie hieß der andere?«

»Randolph«, sagt Immel. Was unnützes Wissen angeht, bin selbst ich immer wieder beeindruckt von Immels Merkfähigkeit. Sein Gehirn macht überhaupt keinen Unterschied zwischen Hochkultur oder Trash oder zu Recht in der Versenkung verschwundenen Eintagsfliegen. Er merkt sich einfach alles. Muss man die erste Strophe von Valerie Dores Mini-Hit *The Night* auswendig kennen? Oder wie ihr

Nachfolgehit hieß? Immel würde sagen: Nein, muss man natürlich nicht. Aber er weiß es natürlich trotzdem.

»So, ihr Schnubbis«, sagt Gerry, »wollt ihr euch noch frisch machen? Hopfenkaltschale jemand? Und Immel, so kannst du nicht gehen. Damit musst du draußen bleiben. Komm mal mit.«

Immel trägt mittlerweile ein verwaschenes Clash-T-Shirt und seine Jeans, die kurz vor dem Ende ihres Weges stehen. Er schaut angesäuert.

»Wieso kann ich so nicht gehen?«

»Glaub mir, mein Sohn«, sagt Gerry. »Eines Tages wirst du mich verstehen. Komm jetzt, ich leih dir was.«

Immel folgt ihm murrend in sein Schlafzimmer.

Kurze Zeit später hören wir ihn schreien. Robert und ich grinsen uns an.

Immel kommt heraus. Er trägt einen wirklich sehr cool aussehenden schwarzen Anzug, der ihm auch noch unverschämt gut steht. Wir pfeifen durch die Zähne. Immel fügt sich grinsend.

Eine Stunde später sitzen wir in einem Lokal und bestellen absurd teures Essen, zu dem Gerry uns einlädt.

»Und hier isst du dann so dein Abendbrot«, fragt Immel.

»Nee, eher selten, aber ich weiß, dass hier nicht so viele Kollegen sind, sonst hätten wir keine Ruhe. Ihr seid aber genau richtig gekommen. Freitagabend drehen alle durch.

Adrenalin abbauen. Ich zeig euch nachher mal ein paar Läden, die werden euch gefallen.«

»Also Gerry«, sage ich. »In ein paar knappen Worten, die auch wir Unwissende verstehen. Was zur Hölle machst du genau?«

Er grinst. »Ich bin Broker. So wie Charly Sheen in *Wall Street.* Ich kaufe und verkaufe Devisen und Aktien für Kunden, und dafür kassiere ich eine Vermittlungsgebühr.«

»Und die Provision ermöglicht dir so eine Wohnung«, frage ich weiter.

»Nicht nur die, da kommt schon noch einiges dazu. Wir sprechen hier ja nicht von Kleckerbeträgen, für die ich meine Prozente kriege. Für den halben Luxus leg ich mich nicht krumm.«

»Nur der Scheich ist wirklich reich«, trällere ich hinterher.

Gerald will etwas erwidern, aber Immel fährt dazwischen.

»Und findest du das in Ordnung so? Angemessen?«

»Ja, absolut angemessen«, sagt er und grinst dieses breite, strahlende Grinsen, bei dem man nie wusste, ob er einen verarschen will oder einfach der netteste Mensch der Welt ist.

»Ja, aber mal ehrlich«, mischt Immel sich ein. »Ihr habt doch so richtig Scheiße gebaut in letzter Zeit. Euch gehört doch ohne Unterlass auf die Finger geklopft. Keine Skrupel? Gewissensbisse? Irgendwas?«

»Ihr müsst wissen«, sagt Gerry, »die meisten Kollegen in meinem Alter haben *Wall Street* mindestens zehnmal gesehen und kennen die Dialoge auswendig. Den ersten Teil natürlich, nicht den zweiten. Wir sind wie die Typen in den *Sopranos,* die dauernd aus Mafiafilmen zitieren. Wenn es überhaupt einen Gott gibt, dann ist es für viele Gordon Gecko. Der Kick, mit solchen Summen zu jonglieren, ist mit nichts zu vergleichen. Das High nach einem erfolgreichen Tag ist der Hammer. Das macht süchtig.«

Immel bekommt Schnappatmung, wird aber von der Bedienung ausgebremst, die unser Essen bringt.

»Guten Appetit, nix verschlabbert, nix verschütt'«, sage ich, als alles an seinem Platz steht. Gerald schaut mich kurz irritiert an, aber Immel lenkt seine Aufmerksamkeit mit einem Fingerschnipsen wieder auf sich.

»Zuhören, Wuttke! Wie sieht es mit einer Art sozialen Verantwortung oder einem Gewissen aus, dass man Arbeitsplätze vernichtet, dass Menschen ihr sauer erspartes Geld verlieren, solche Sachen?«

»Was wir tun«, sagt Gerry, »ist ja primär nicht dazu gedacht, dass es Menschen schadet. Wir sind ja ein Antrieb für Wachstum und Wohlstand. Dass das immer ein Geben und Nehmen, Gewinnen und Verlieren ist, ist klar. Das ist der Kapitalismus. Aber insgesamt haben doch bei uns immer mehr Leute profitiert als nicht. Dass das, was wir tun, nur schlecht sein soll, ist ja völlig neu.«

»Ja, bei *uns,* hast du eben gesagt«, bohrt Immel weiter. »Das ist doch der Punkt. Das alles geht doch nur auf Kosten der armen Länder. Was ist denn mit Nahrungsmittelspekulation und diesem ganzen Wahnsinn? Das kann man doch nicht mehr schönreden. Dass Preise künstlich in die Höhe getrieben werden, sodass die Armen sich die Nahrungsmittel nicht mehr leisten können, das Essen aber irgendwo verfault, weil der Preis nicht mehr durch Angebot und Nachfrage erzeugt wird. Da seid ihr ganz eindeutig die Bösen. Auf einer Stufe mit, sagen wir, Rüstungsbetrieben. Wer so etwas tut, ist schlecht und muss in die Karma-Hölle.«

»Also«, Wuttke hebt die Hände, »bevor das hier in ein Kreuzverhör ausartet. Ja, das Ganze ist ungerecht und ja, das geht auf Kosten der Dritten Welt und ja, da wurde mächtig dereguliert in den letzten Jahren. Aber wisst ihr was? Es waren die von euch Vögeln gewählten Regierungen, die hier besonders willfährig waren. Clinton, Blair, Rot-Grün. Wenn sich etwas ändern soll, dann muss es von der Straße kommen. Die Politik ist von Lobbyisten unterwandert, das könnt ihr vergessen.«

Immel schmeißt sein Besteck zur Seite und wirft die Hände in die Luft.

»Ich fasse es nicht, was ihr für fiese Zyniker seid. Ihr wisst das alles und macht immer weiter? Ich dachte, ihr seid wenigstens doof.«

»Hah!«, Gerald haut seine Gabel auf den Tisch.

»Ihr doch auch, tu doch nicht so.« Auch er hat jetzt aufgehört zu essen. »Du profitierst doch genauso. Du kannst dir deinen Lebenskünstlerweg ja auch nur erlauben, weil andere für dich die Drecksarbeit machen.«

»Was meinst du denn, *warum* ich das so mache? Ich will mich aus euremUeckssystem raushalten und mich so wenig wie möglich zum Büttel eures egozentrischen und unsolidarischen Zynismus machen.«

»Weiß du, was deine Bank mit dem ganzen Geld macht, das du geerbt hast?«

Jetzt beginnt *er* auch noch, dauernd mit der Hand auf den Tisch zu schlagen.

Die Bedienung steuert auf unseren Tisch zu. Jetzt passiert es wieder.

»Jaja«, sagt Immel, »wir sind schon still. Alles gut.«

Sie lächelt streng und zieht ab.

Ich schaue zu Robert, der seelenruhig isst, dem Geschehen offenbar äußerst gelassen gegenübersteht und mich jetzt angrinst.

»Ich kann mich da einfach gerade nicht aufregen drüber, ich habe andere Sorgen«, sagt er mit vollem Mund.

»Ich weiß gar nicht mehr, Wuttke«, macht Immel weiter. »Warst du früher schon so ein Arschloch oder wurde das schlimmer?«

»Ich war als Kind schon scheiße«, antwortet Gerry, hebt sein Glas, lehnt sich bräsig zurück und prostet uns zu.

»Und du, Paul? Hast du auch eine Meinung oder flüchtest du dich immer noch in deine Fantasy-Welten?«

»Wenigstens zerstöre ich damit keine Menschenleben«, antworte ich blitzschnell und bin ausgesprochen stolz auf diese Antwort.

Gerry grinst.

»Hört, hört, der Herr Beamte, erzählt etwas über Moral.«

»Ich hab nicht darum gebeten, verbeamtet zu werden«, ereifere ich mich.

»Natürlich, aber gewehrt hast du dich auch nicht direkt, oder?«

Er hebt sein Glas.

»Auf euch Gutmenschen. Gott sei Dank habt ihr keine Lobby.«

20

So, ihr Schnorchel«, ruft Gerry nach dem Essen. »Langweilt ihr euch auch so wie mich? Seid ihr beim Feiern auch solche Klemmer oder lassen wir heute mal die Handbremse los?«

»Gerry, du Schmierlapp«, sagt Immel, »jetzt zeig mal, was du drauf hast, bisher kam ja nur heiße Luft.«

Wir haben schon drei Flaschen des teuersten Weines intus und sind mächtig in Fahrt.

»Also, Folgendes«, sagt Gerry. »Wir gehen jetzt ins *Caruso.* Das ist so eine Szene-Bar, wo meinesgleichen abhängt. Aber damit eines klar ist, da läuft keine Hippie-Musik und auch kein Punk und dieser ganze Quark. Hört ihr eigentlich immer noch Bruce Springsteen?«

»Was denkst du denn«, keift ihn Immel an. »Glaubst du, wir verraten ständig unsere Werte und alles, woran wir glauben? Wir müssen nicht dauernd dem *Neu* und *Besser* und *Mehr* hinterherhecheln wie ihr!«

Gerry schüttelt den Kopf. »Oh Mann. Stagnation, lieber Immel, ist das Wort, das mir dazu einfällt.«

»Ich nenne es Tradition und Stabilität«, kontert Immel.

»Zum Glück habt ihr nix zu melden«, erwidert Gerry. »Sonst hätten wir immer noch die Todesstrafe und die Pest.«

Wir fahren mit dem Taxi.

Das Lokal, das wir betreten, befindet sich auf der Dachterrasse eines Hochhauses. Mithilfe von Unmengen von feinstem Sand, Sonnenschirmen, Liegestühlen und Bastabtrennungen hat man versucht, ein Beach-Feeling herzustellen. Es pluckert undefinierbare elektronische Musik, von einem Plattenaufleger mit Sonnenbrille und Strickmütze ausgewählt. Irgendwann versuche ich mal, dahinterzukommen, was genau die Aufgabe von so einem Bar-DJ ist, wo doch alles gleich klingt.

Ich schaue mich um. Die Strandbar wird bevölkert von Typen, die alle mehr oder weniger so aussehen wie Gerald und jetzt auch Immel in seinem Anzug, wobei der an seiner Frisur noch arbeiten müsste, um dazuzugehören.

Der Hammer sind allerdings die Frauen. So etwas kennt man sonst nur aus Filmen.

Die meisten sind nicht so richtig mein Typ, aber ich komme mir vor, als wäre ich Teil der Gang um Vinnie

Chase in der Serie *Entourage* und wir laufen gerade zu einer Filmpremierenparty ein.

Gerry schüttelt mächtig viele Hände und begrüßt etliche Frauen mit Küsschen und allem.

Wir sind beeindruckt.

»Hört zu, Jungs«, sagt Gerry, »ich sage euch jetzt was. Es gibt auch immer eine Menge Hostessen hier. Solltet ihr daran Interesse haben, würde ich an eurer Stelle bei der Berufsangabe etwas Kreativität walten lassen. Robert nicht so sehr, aber mit Lehrer und Künstler kommt ihr nicht weit. Diese Frauen suchen das Geld. Und wenn ich eines mit Bestimmtheit weiß, dann das: Je mehr Geld, desto schöner die Frauen. Also am besten gebt ihr euch als Broker aus London aus, den Rest improvisiert ihr. Das kriegt ihr ja wohl hin, oder? Wisst ihr, wie die vier größten Banken Großbritanniens heißen?«

Wir schauen uns ratlos an.

»Oh Mann«, sagt Gerry. »HSBC, Royal Bank of Scotland, Barcleys Bank und Lloyds Banking Group. Könnt ihr euch das merken?«

»Für jemanden, der so scheiße aussieht wie du«, sagt Immel, »ist die Nummer hier ein ganz schönes Statement. Hut ab. Ich glaube, wenn das so ist, werde ich jetzt auch zum skrupellosen Zyniker.«

Gerald grinst und drückt Immel an der Schulter. »Was wollt ihr trinken?«, ruft er.

»Nix da!«, sagt Robert. »Ab jetzt übernehmen wir!«

Wir sind jetzt bei den Cocktails angelangt. Mir schwant Übles, aber ich füge mich dem allgemeinen Rausch.

»Könnt ihr euch noch an diese Dreitagesparty damals erinnern?«, fragt Gerald.

Wir können. Chris, der Gastgeber, war schon am ersten Abend um sechs nahe an der Alkoholvergiftung. Seine Eltern waren in Urlaub und sein kleiner Bruder Andreas hatte mit seinen 14 Jahren versucht, den Laden zusammenzuhalten.

»Die ärmste Sau war Andreas«, sage ich. »Der durfte nicht mal mehr in sein Zimmer, weil dauernd irgendjemand da drin am Poppen war.«

»Unter anderem unser Arzt, dem die Frauen vertrauen«, sagt Immel.

»Mit wem eigentlich?«, frage ich Robert.

»Das war noch mal so ein Aufwärmversuch mit Annette, hat aber nichts gebracht. Eigentlich bin ich da ja schon lange auf Manuela abgefahren. Aber die war da noch mit dieser Pfeife von Stollberg zusammen, der die ja nur verarscht hat mit seiner ganzen Kohle. Ich war ein paarmal mit ihr kurz davor und jedes Mal kam mir dieser Vollheinz dazwischen. An dem Abend war sie fast so weit, aber dann plötzlich verschwunden.«

»Ja, und weißt du wohin?«, frage ich. »Die hat sich mit zwei Typen im Bad zum Kiffen eingeschlossen und die kamen nicht mehr raus, weil sie den Schlüssel irgendwie zum Fenster rausgeschmissen hatten.«

»Also einer dieser Typen war ich!«, sagt Gerry. »Das Problem war ja, dass irgendjemand das Gerücht verbreitet hat, wir würden die da drin vergewaltigen.«

»Und dann ist Keller, der Idiot, eine drei Meter hohe Tanne hochgeklettert, weil er sich das anschauen wollte«, lacht Immel.

»Und ist runtergefallen und hat sich beide Arme gebrochen«, ergänze ich.

»Und ihr Cousin Martin wollte mir wochenlang eine aufs Maul hauen«, sagt Gerry. »Der ging ja auf eine andere Schule, und ist jeden Tag zu uns marschiert und wollte mich in der großen Pause teeren und federn. Manchmal schon vor der Schule. Das ging sicher drei Wochen so. Dabei war doch gar nichts mit der Manuela. Zumindest da noch nicht.«

»Was soll denn das heißen?«, fragt Robert. »Du hast doch nicht etwa? – Sag, dass das nicht stimmt!«

Gerry hebt die Arme. »Was soll ich sagen? Und mehr als einmal.«

Robert schreit verzweifelt auf.

»Also, in der Welt, wie ich sie kenne«, stelle ich fest, »geht eine solche Frau nicht mit einem Typen wie dir ins Bett.«

»Tja, vielleicht nicht in *deiner* Welt. In *meiner* schon. Ihr wisst nicht, wie überzeugend ich sein kann. Was meint ihr, wieso ich so einen Job habe?«

Während wir sprechen, kommen immer mal Anzugtypen bei uns vorbei und klatschen sich mit Gerry ab. Alle sind wahnsinnig glatt und unsympathisch. Man schreit gerne etwas zu laut, in der Regel irgendwelchen Insiderkram wie »Hey Gerry, wie läuft es mit dem Fisher-Konto?« Und Gerry antwortet: »Super, was denkst du denn! Wenn man Profis ranlässt, kommt immer was Gutes raus!«

Gerald verschwindet, um eine neue Runde zu holen, kommt aber zusätzlich zu den Getränken mit zwei erschreckend gut aussehenden Frauen zurück.

»Freunde der Nacht, das sind Kim und Naomi«, er zwinkert uns zu und will gerade noch etwas ergänzen, als ihn zwei Anzugtypen schulterklopfend begrüßen und sogleich in einen Berufsdialog mit viel Gejohle und Geprahle verwickeln.

Wir stehen ein wenig betreten neben unseren neuen weiblichen Bekanntschaften herum, bis Robert sich der Sache annimmt und das Gespräch eröffnet: »Gerry war schon immer ein Arsch, woher kennt ihr ihn so?«

»Das Problem mit Gerry ist«, sagt Kim, »dass er sein ganzes Leben massiv unter seiner dominanten Mutter gelitten hat, was er versucht, mit seinem aufgesetzten Chauvinismus und seinen misogynen Entgleisungen zu kaschieren. Im Grunde will er, wie wir alle, einfach nur geliebt werden für das, was er ist, nicht für das, was er sein sollte. Er ist eine arme Seele, aber eine gute.«

Es wird totenstill. Ich glaube, sogar der DJ vergisst, eine neue Scheißmusik aufzulegen. Ich starre sie an. Immel und Robert auch.

Kim hat schwarze, lange Haare, trägt ein lilafarbenes Minikleid. Sie sieht ein wenig aus wie Audrey Tautou und wir drei sind jetzt verknallt. Wir wollen nie mehr etwas anderes hören als ihre Stimme.

»Hinzu kommt natürlich«, sagt jetzt Naomi, »dass die Unberechenbarkeit seines Vaters, den man wohl als melancholischen Choleriker bezeichnen könnte, sich nicht gut auf sein labiles Gemüt ausgewirkt hat. Den Riss in seiner Seele versucht er nun damit zu heilen, dass er zum einen möglichst viel Geld verdient, wodurch er versucht, nachträglich die ihm immer verwehrte Anerkennung durch seine Eltern zu erlangen und zum anderen, ewig den Clown spielen muss. Hinter dieser Fassade der ständigen Heiterkeit verbirgt sich ein trauriges und verletztes Kind.«

Wir sind schockiert. Was geht hier vor? Das sollen Hostessen sein? Offenbar machen sie das nur halbtags.

»Es ist nie zu spät für eine schlechte Kindheit«, sagt Immel, der als erster die Sprache wiederfindet. »Das ist immer eine gute Ausrede für eigenes Unvermögen.«

Die beiden lachen. Naomi trägt eine blonde Kurzhaarfrisur, ein geblümtes Kleid und hat eine frappierende Ähnlichkeit mit Alicia Silverstone. Was macht die eigentlich jetzt? Egal, wir sind jetzt auch in Naomi verliebt.

»Und ihr so, was seid ihr für welche? Neu in der Stadt?«, fragt Kim.

»Wir sind alte Schulfreunde von Gerry und leben in London«, sage ich. »Wir sind auch Banker, was sonst?«

»Oh, interessant«, sagt Kim. »Und für wen arbeitet ihr so?«

»Ich bin bei der, äh, Baileys Bank«, sage ich. »Und die beiden Herren hier sind bei der Bank of England.« Immel und Robert grinsen belämmert.

»Aha.« Naomi lächelt seltsam. »Und was meint ihr«, fragt sie, »sollte die EZB Staatsanleihen von hochverschuldeten Ländern kaufen, um sie zu retten, oder nicht? Die Meinungen unter den Fachleuten scheinen hierüber ja deutlich zu divergieren.«

Wir schauen uns an. Die beiden machen uns fertig.

Ich stammle irgendwas davon, dass das nur mit eigens dafür gedrucktem Geld geht, von Inflationsgefahr und dann hört es auf. Immel grinst mich an.

»Okay, okay, ihr habt uns«, sagt Robert. »Wir haben keinen Schimmer von alldem.«

»Aber wir sind stolz darauf«, fügt Immel hastig hinzu.

»Dass ihr keine Banker seid, ist nicht so wahnsinnig schwer zu erkennen«, sagt Naomi. »Aber ihr habt wirklich alles gegeben. Hut ab!«

Wir scharren verlegen mit den Füßen.

»Also, Jungs, wer seid ihr wirklich?«, fragt Kim.

»Wir sind auf der Durchreise. Aus Berlin.«

»Ich fühl mich gut! Ich steh auf Berlin!«, singt Kim das Lied von Ideal. Sie hat eine tolle Gesangsstimme. Wir können nicht glauben, was wir da hören. Dass diese beiden Models sich jetzt auch noch im popkulturellen Diskurs bewähren, ist im Grunde nicht mehr auszuhalten. Wir drehen durch.

»Robert hier ist Arzt in der Charité«, sage ich in der Hoffnung, das könne unsere Schmach von eben wieder auswetzen.

»Er *war* Arzt in der Charité«, sagt Robert. »Mit viel Glück eröffnet er in einigen Monaten eine Praxis irgendwo in der Uckermark.«

»Robert«, sagt Immel, »hat sich frisch von seiner Frau getrennt, ist dabei, seinen Job zu verlieren, und macht insgesamt gerade eine schwierige Phase durch.«

»Was diesem netten jungen Mann so nicht passieren könnte«, erwidert Robert, »weil er weder eine feste Beziehung hat, was an seiner pathologischen Bindungsangst liegt, noch ein geregeltes Einkommen vorweisen kann, was in seinem autoritätsallergischen Wesen die Ursache hat. Deshalb war er schon mit 16 der Einzige, der im örtlichen Supermarkt nach drei Tagen seinen Ferienjob verloren hat. Er wollte dort das Einräumsystem grundlegend modifizieren. Daran hat sich im Grunde nie etwas geändert.«

Naomi schaut Immel an. »Also bist du entwicklungspsychologisch immer noch in der Renitenzphase, das heißt mental noch immer 16 oder 17?«

»Quatsch, ich bin lediglich kein langweiliger, angepasster Spießer geworden, mit Eigentumswohnung und Elektrorasenmäher. Es ist geradezu die Pflicht des aufgeklärten Menschen, sich bestimmten Entwicklungen zu verweigern. Thoreau war auch keine 16 mehr, als er seine Theorie vom zivilen Ungehorsam verfasst hat.«

»Also«, sagt Kim, »gibst du auch Horkheimer und Adorno recht, mit ihrer Analyse der rätselhaften Bereitschaft der technologisch erzogenen Massen, sich Despotismus und totalitären Ideologien zu unterwerfen?«

Bevor wir wieder in Schockstarre verfallen, schreit Immel: »Genau! Die technologisch erzogenen Massen, Mann!« Er kann sich jetzt nicht mehr halten.

Wir sind im höchsten Grade euphorisiert. Das kann nicht wahr sein, denke ich. Intellektuelle Nutten!

»Kann ich euch ganz kurz berühren, damit ich weiß, dass ihr echt seid?«, fragt Robert.

Kim lässt ihn gewähren und er berührt sanft ihr Haar. Sie lacht.

»Und du?«, fragt mich Naomi.

»Ich bin Gymnasiallehrer«, sage ich.

»Cool.«

»Eigentlich nicht«, sage ich. Sie lacht und mein Knie beginnt zu pochen, keine Ahnung warum.

»Und was macht ihr so?«, fragt Immel, was im Grunde eine ebenso bescheuerte wie interessante Frage ist, aber da stößt Gerry schreiend zu uns. »Und, habt ihr euch schon bekannt gemacht, ein wenig warm geworden?«

»Gerry, weißt du eigentlich wie cool die beiden sind?«, fragt Robert.

»Klar, was meint ihr denn, warum ich sie euch vorgestellt habe?«

Er wendet sich an die Frauen. »Und? Haben sie ihre Brokernummer abgezogen?«

»Ja, aber sie waren total süß«, sagt Naomi.

»Ihr habt die falschen Berufe, Jungs«, sagt Gerry. Er leert sein Glas, haut es auf die Theke und ruft: »So ihr Schmöcke, hier hält uns nichts mehr, wir ziehen weiter!«

Wie Grundschüler nicken wir. Ja, Gerry, wir folgen dir heute Nacht überallhin.

»Ihr kommt mit, nehme ich an«, wendet er sich an Naomi und Kim und im Grunde ist es keine Frage, sondern eine Feststellung.

Wir nehmen ein Taxi und fahren zu einem Club, vor dessen Eingang eine etwa 40 Meter lange Schlange auf Einlass wartet. Während der Fahrt habe ich eine Erkenntnis, die sich unmöglich ignorieren lässt: Ich bin sehr betrunken. Wir steigen aus und Gerald winkt uns, ihm zu folgen. Er gibt dem Türsteher die Hand und wir können durch. Unfassbar. Dass ich das noch erleben darf. Wir drängen uns an dem Volk, das im Eingangsbereich rumlungert, vorbei.

»Gerry, du bist mir extrem unheimlich«, sage ich.

»Entweder man fickt oder man fickt nicht!«, schreit Gerald viel zu laut. »Halb ficken geht nicht!« Was auch immer er damit meint, dieser Abend, und ich sehe das durchaus mit Sorge, nimmt eine deutlich sexuelle Dimension an. Sprachlich und inhaltlich.

21

Der Club ist gut gefüllt mit vordergründig apartem Großstadtvolk, das sich mächtig herausgeputzt hat. Fürchterliche Housemusic läuft viel zu laut und macht Unterhaltungen mühsam. Naomi und Kim zeigen Richtung Toilette, wohin sie eilig verschwinden.

Gerald, der einem Clubbediensteten folgt, winkt uns, ihm nachzukommen. Wir gehen nach oben und finden uns bald in einer schnuckeligen Sofaecke in einem mit Glas abgetrennten Bereich wieder. Die Musik ist hier deutlich leiser. Sofort nähert sich eine Bedienung in Hotpants und weißem Tanktop und nimmt unsere Bestellung entgegen. Wir bleiben bei Cocktails. Gerry bestellt noch eine Flasche Champagner. Ich versuche derweil, Immel zu konsultieren, was er von Kim und Naomi hält und ob das wirklich sein kann, dass die im Horizontalgewerbe tätig sind – nicht, dass ich Erfahrung damit hätte. Immel schaut mich nur fragend an. Und dann kommt schon Gerry und ruft: »So, ihr Blockflöten, hoch die Tassen!«

Kim und Naomi stoßen wieder zu uns. Wir wollen ihnen gerade Platz machen, als ein durchdringendes Kreischen unser Abteil erfüllt. Im Eingang steht eine dunkelhäutige junge Frau, die ein rückenfreies weißes Oberteil trägt, das es nicht unbedingt leichter macht, den Blick von ihr abzuwenden. Mein Blick fällt auf Immel und ich muss lachen, als ich sehe, wie ihm buchstäblich der Mund offen steht bei ihrem Anblick. Er scheint wie vom Blitz getroffen.

»Mädchen, da seid ihr ja«, ruft die Neue und Kim und Naomi springen auf, um sie zu umarmen.

»Ah, Jamie«, ruft Gerry, »du auch hier. Sehr schön. Setz dich zu uns, das hier sind meine alten Kumpels –«

»Aus London?«, beendet sie seinen Satz. »Ich habe schon viel von euch gehört«, sagt sie verschmitzt grinsend und wir begrüßen uns mit Küsschen.

»Und du musst Immel sein«, sagt sie, als sie bei ihm ankommt.

Immel erwacht aus seiner Schockstarre und sagt: »*Yes, ma'am,* das kann man so sagen«, und die beiden setzen sich nebeneinander, heben die Gläser und beginnen ein lebhaftes Gespräch mit viel Gelächter, als würden sie sich schon ewig kennen.

Wir anderen blicken uns fragend an, ehe Robert mit einem beherzten »So, kommt, wir machen es uns erst mal gemütlich« dafür sorgt, dass wir anderen uns mit Champagner und Cocktails auf die Sitzecke fläzen.

Gerry springt immer wieder hektisch auf und verschwindet irgendwo hin und ich finde mich kurze Zeit später mit Kim in einem interessanten Gespräch wieder. Dabei denke ich erneut, dass mir das alles seltsam vorkommt hier. Diese Frauen wirken viel zu klug und normal, um tatsächlich das zu sein, was sie nach Gerrys einführenden Worten heute Abend ja wohl sein müssen. Andererseits: Was habe ich eigentlich für ein klischeebeladenes Bild von Prostituierten? Das müssen ja nicht immer osteuropäische Schulabbrecherinnen sein. Oder ist die Idee einer Philosophiestudentin, die sich ihr Studium im Rotlicht finanziert, das größte Klischee überhaupt?

Jamies Ausruf »Tanzen oder tanzen?« reißt mich aus meinen immer betrunkener werdenden Gedanken und kurze Zeit später finde ich mich auf der Tanzfläche wieder, was mir vollends den Rest gibt. Die Cocktails schwappen mir durchs Gehirn. Was die Mädels auf der Tanzfläche veranstalten, ist eine Frechheit und fast nicht auszuhalten. Kim hat ihr Jäckchen abgelegt und enthüllt ein sehr männliches, großflächiges Tattoo auf ihrem Oberarm. Sie tanzt mich an und lächelt und ich bekomme eine schmerzhafte Erektion, die ich versuche, durch geschicktes Positionieren in der gerade viel zu engen Jeans zu verbergen. Jetzt wäre eine Cargohose toll. Ich sehe Immel und Jamie bei Tanzeinlagen, die eindeutig gegen die guten Sitten verstoßen, und auch Robert und Naomi scheinen großen Gefallen am sinnlichen Engtanz zu finden. Mir wird schwindlig.

Immel stößt mich an, schreit »*Everyone's a winner baby, that's the truth*« und zieht mich an die Bar.

»Komm wir fahren morgen nach Pilsen zurück. Du willst doch sicher Justine noch mal sehen«, schreit er mir ins Ohr.

Ich blicke ihn überrascht an.

»Ich würde gerne zustimmen«, schreie ich zurück, »aber ich habe ein wenig Angst vor Entscheidungen, die ich nachts im betrunkenen Zustand fälle.«

»Nix da«, antwortet er, »das sind die einzig wahren. Du merkst nur nachts, was dir am Tage fehlt. *Show a little faith, there's magic in the night!*«

Der Gedanke, diesen Trip noch etwas in die Länge zu ziehen, ist gerade ungeheuer verlockend. Ich will Justine wiedersehen. Ich will mit Justine schlafen, verdammt.

»Hey ho, let's go! Because the night belongs to us«, sage ich.

Immel schüttelt mich an der Schulter. *»Yeah, baby«*, schreit er und bestellt noch irgendetwas Hochprozentiges.

Plötzlich ist Immel verschwunden und ich versuche, aufs Klo zu gelangen, bleibe aber regelmäßig irgendwo stehen, um mich zu erholen, und schaue auf die Tanzfläche. Ich habe jedes Zeitgefühl verloren. Irgendwann habe ich es geschafft. Ich muss mich an fest installierten Gegenständen wie dem Waschbecken festhalten, in das ich mich nach einer Weile jämmerlich übergebe. Als ich fertig bin, höre ich Kichern und Flüstern aus einer der Kabinen, eine Stimme, die nach Immel klingt, sagt: »Vorsicht!« und wieder Gekicher. Ich öffne die Tür zur Kabine. Darin sind Immel und Jamie. Mein Gehirn weigert sich, das, was meine Augen sehen, in vernünftige Information umzuwandeln. Ich habe aber stark den Verdacht, es hat mit Drogen und Sex zu tun. Immel schreit: »Rein oder raus?!«

Ich bin mir nicht ganz sicher, was er meint, mache aber vorsichtshalber, dass ich wegkomme. Ich stelle mich noch mal vor den Spiegel. Was tue ich hier bloß? Ich weiß es nicht. Egal. Ich wanke nach draußen und setze mich irgendwo hin. Ich versuche irgendetwas zu denken, aber es geht nicht. Ich laufe einen Gang entlang und öffne eine Tür. Plötzlich stehe ich draußen hinter dem Club. Geräusche neben mir. Da steht ein knutschendes Paar, das gerade dabei ist, sich des einen oder anderen Kleidungsstücks zu entledigen. Die Frau kommt mir bekannt vor. Der Mann auch. Er sieht aus wie Robert und er starrt mich an. Ich bekomme ein wenig Angst und will wieder rein, doch die Tür ist zu. Also eiere ich um das Gebäude, gehe zum Türsteher, zeige ihm meinen Stempel. Endlich wieder drin. Ich finde einen Sessel und setze mich rein. Die Bässe durchströmen mich. Was für eine Quatschmusik. Ich schlafe ein.

Gerry schreit mich an. Sein Gesicht ist ganz nah, er rüttelt an mir. Kim steht hinter ihm. Beide sprechen mit mir. Ich verstehe sie nicht. Kim küsst mich auf die Stirn. Sie sagt etwas, was »Schade« heißen könnte. Es kann aber auch »Schafe« oder »Wade« heißen. Hm, warum sollte sie so etwas sagen? Sie geht weg. Wohin? Warum? Ich will mit, aber ich kann nicht aufstehen. Immel kommt und spricht mit mir. Was will er bloß? Wo ist Robert? Was geht hier vor sich?

Gerry und Immel schleppen mich nach draußen. Wir sitzen in einem Taxi. Wir stehen in einem Aufzug. Immel und Gerry reden und lachen. Worüber? Ich liege. Endlich Ruhe. Aus.

22

Ich mache die Augen auf. Ich liege auf dem Rücken. Im Zimmer ist es schummrig. An der Decke propellert gemächlich ein Ventilator. Eine Hand liegt auf meinem Bauch. Sie bewegt sich langsam abwärts. Ich drehe mich zur Seite und versuche zu erkennen, wem die Hand gehört. Ihr Kopf – ich nehme einfach mal an, dass es sich um eine *sie* handelt – ist unter der Decke und liegt auf meiner Brust. Sie küsst meine Brustwarzen und meinen Bauch. Langsam und leicht. Ihre Zunge spielt mit meiner Haut. Ihr Mund berührt ganz sanft meinen Körper, eigentlich fast gar nicht, vielleicht ist es mehr ihr Atem. Er ist warm und mein Magen krunkelt sich zusammen wie beim Achterbahnfahren, wenn es immer steiler bergauf geht, kurz vor dem Gipfel, kurz vor der Biegung, wenn der Wagen immer langsamer wird und jeden Moment der Wahnsinn losgeht.

Ich winde mich unter ihren Küssen. Ich versuche, ihr Gesicht zu sehen, aber es geht nicht. Ich sehe ihre Haare und ihren Kopf, wie er sich langsam abwärts bewegt.

Wer ist sie? Ich stelle mir Alex vor, dann Justine, dann Kim. Ich bin sicher, es ist Alex. Ich will, dass sie es ist. Oder doch Justine? Ich versuche wieder ihr Gesicht zu sehen. Ich will sie dabei anschauen, aber noch viel mehr möchte ich wissen, wer sie ist. Sie sagt etwas. Ich kann nicht reagieren. Ihre Stimme wird immer lauter, dringlicher jetzt. Was hat sie denn? Und wieso klingt ihre Stimme so tief? Sie schreit jetzt. Man rüttelt an mir. Warum bloß? Ich mache meine Augen auf und schreie auch.

Ganz nah vor meinem Gesicht ist Immel. Er stinkt fürchterlich aus dem Mund. Er rüttelt immer noch an mir. Ja doch, ist ja gut! Mir ist schlecht. Mein Kopf ist kurz vor der Explosion. Ich blicke mich um. Was ich sehe, ist nicht schön. Ich liege in meinem Erbrochenen. Ich will das alles nicht. Immel zieht mich hoch und schleppt mich ins Bad.

»So, Bon Scott, jetzt waschen wir dich mal. Da haben wir aber Glück gehabt, Mensch. Sowas kann böse enden!«

»Ungemach, what is it good for?«, jammere ich.

Ich putze meine Zähne. Man reicht mir in Wasser aufgelöste Tabletten, die für Linderung sorgen sollen. Ich lege mich wieder hin. Mein Kopf wummert und ich habe noch immer den Geschmack von Aas im Mund.

Ich versuche, mich zu erinnern. Kim auf der Tanzfläche. Ich bin sicher, mehr als Tanzen war nicht mit ihr. Das ist schon mal gut so. Die Ehefrau *und* die virtuelle Geliebte, oder wie man Justine nennen möchte, zu betrügen, wäre dann wohl doch etwas zu viel gewesen. Ich merke jedoch, dass mir Teile des Abends fehlen. Was hat sich da auf der Toilette des Clubs abgespielt? Und hinter dem Club? Oder habe ich das geträumt?

Nach einer Weile kann ich aufstehen. Meine Übelkeit verfliegt langsam. Ich sehe mich um. Auch Robert und Gerry fangen an, sich zu bewegen. Auch wenn sie eher aussehen wie mutierte Zombies, die jetzt langsam lebendig werden. *Dawn of the Dead.* Die Hölle ist voll. Die Toten kehren auf die Erde zurück. Allgemeines Gestöhne und Gejammere. So klingen Männer mit großen Schmerzen und Problemen.

Da Gerry keine Küche und nicht mal eine Kaffeemaschine hat, ziehen wir uns langsam an und gehen in ein Café. Draußen sind mindestens 30 Grad Celsius. Sommer in der Stadt. Jeder Schritt tut weh.

Trotz Kopfschmerzen bin ich total ausgehungert. Wir bestellen im großen Stil.

»*Hungry Like the Wolf*«, sage ich.

»*Hungry Heart*«, sagt Immel.

»*Hunger Strike*«, sage ich.

»So, das hätten wir also auch geklärt«, sagt Immel.

»Wenn ihr eure Gehirnkapazitäten für so einen Kram verschwendet, ist es kein Wunder, dass ihr so wenig Geld verdient«, sagt Gerry.

»Zumindest bin ich nicht Schuld am Untergang des Abendlandes«, sagt Immel.

»Ihr habt doch genauso viel getrunken, wieso bin ich denn so zusammengeklappt?«, frage ich.

»Auf jeden Cocktail ein Wasser, das könnte man aber auch mal wissen, so in der Lebensmitte!«, sagt Immel.

Bizarre, unglaubliche Bilder aus der letzten Nacht wabern durch mein Gedächtnis.

»Das waren interessante Freundinnen, die du da hast, Gerry«, sage ich.

»Ihr seid mir vielleicht solche Penner«, sagt Gerry plötzlich. Wir schauen ihn überrascht an.

»Wieso das denn?«, fragt Immel fast empört.

»Na, ihr müsst ja nicht gleich mit denen rummachen und alles.«

Wir schauen uns ratlos an.

»Aber ich dachte, darum geht es dabei«, sage ich, »also prinzipiell, meine ich, und das war ja wohl auch von dir so geplant.«

»Wie geplant?« Gerry scheint ehrlich verwirrt. Plötzlich hellt sich sein Gesicht auf.

»Ach, du denkst, das waren ... und ich hätte sie bezahlt, damit ...« Er wirft die Hände in die Luft. »Hört mal, ihr hohlen Früchte, Tanja ist meine Cousine. Sie studiert Soziologie. Die andere, Laura, ist ihre beste Freundin und Psychologin und ...«

»Wie Tanja und Laura?«, fragt Robert ungläubig.

»Ja, was denkt ihr denn?« Gerry scheint nun wirklich einigermaßen verzweifelt. »Kim und Naomi, gehts noch? So heißt doch niemand, ich dachte, das wäre im Laufe des Abends mal klar geworden. Nur Jamie heißt wirklich so. Das war doch ein Witz mit den Hostessen. Was seid ihr denn für Blockflöten, dass ihr das nicht merkt?«

Plötzlich beginnt Robert zu lachen. Er liegt mit dem Kopf auf dem Tisch und kriegt sich nicht mehr ein.

»Das gibt es doch nicht. Wir sind vielleicht Experten, das ist ja großartig! Das tut mir jetzt wirklich leid mit deiner Cousine, aber sieh es einfach als Revanche für Manuela.«

Gerry schaut Robert fassungslos an. Immel und ich grinsen. *Revanche für Manuela.* Robert hat ganz klar seinen ganz eigenen speziellen Knall.

Ich selbst bin froh, dass ich letztlich vor einem großen Fehler verschont wurde. Und plötzlich denke ich mit einer Heftigkeit an Justine, dass mir fast die Luft wegbleibt.

»Gerry, danke für einen tollen Abend«, sage ich und erhebe mich. Die Jungs tun es mir gleich. Auch Gerry steht auf und als wir uns umarmen, wirkt er wieder wie der kleine Nerd, den ich aus der zwölften Klasse in Erinnerung habe.

23

Es ist früher Nachmittag und wir machen uns auf den Weg zurück zum Auto.

»Ähm, Immel«, beginne ich. »Weißt du noch, worüber wir letzte Nacht an der Bar gesprochen haben.«

Ein Teil von mir hofft, dass Immel sich nicht daran erinnert. Wie soll er auch?

»Klar«, sagt er.

Mist und *Yippie,* denke ich gleichzeitig.

Ich spüre, dass dieser Trip noch nicht mit uns fertig ist. Zumindest nicht mit mir. Ich will nach Pilsen, auch wenn ich mich gleichzeitig fürchte. Das vorgestern war ein schicker Zufall, der mich auf dem falschen Fuß erwischt hat. Alles, was passiert ist, geschah sozusagen im Affekt. Das heute ist Vorsatz. Nur noch schwer zu entschuldigen. Die ersten Zeilen von Springsteens *Hungry Heart* fallen mir ein, die live immer vom Publikum gesungen werden: *I got a wife and kids in Baltimore Jack, I went out for a ride and I never went back.* Ich bin der Einzige, der hier etwas zu verlieren hat, aber gerade das scheint mich anzutreiben. Ich spüre, dass diese Reise wie Kafkas Axt ist – für das gefrorene Meer in mir. Auch ich habe noch ein hungriges Herz, wie es scheint. Was mache ich damit?

»Du, Robert?«, beginne ich. »Ich – also eigentlich wir, also Immel und ich …«

»Wir wollen nach Pilsen«, grätscht Immel dazwischen. »Kriegst du das irgendwie geregelt?«

Robert bleibt stehen und starrt uns an. Nach einer Weile schüttelt er den Kopf.

»Das sind über 400 Kilometer. In die falsche Richtung. Für was?«

»Nutten und Koks«, sagt Immel. »War'n Witz«, schiebt er gleich hinterher. »Ja, warum eigentlich, Studienrat?«

Ich blicke die beiden an.

»Kommt wir setzen uns kurz in dieses Café da«, sage ich.

Kurze Zeit später sitzen wir rauchend und Kaffee trinkend auf unbequemen Holzstühlen unter einem Sonnenschirm und ich beginne zu erzählen.

Ich rede von dem Loch, in das ich gefallen bin, ohne es zu merken. Meiner Ziellosigkeit. Und meiner Entfremdung von Alex. Oder ihrer Entfremdung von mir, ich weiß es nicht.

Mit 23 habe ich sie kennengelernt. Ich fand sie toll, war aber nicht so verliebt wie zwei Jahre zuvor in Nina. Doch nach dieser Erfahrung war mein Herz wieder scheu geworden. Wir waren vielleicht zwei oder drei Mal miteinander im Bett gewesen, da wurde Alex mit Greta schwanger. Wir waren uns noch gar nicht ganz klar gewesen, ob wir zusammen sein wollten und - zack - waren wir es. Das Leben hat dafür gesorgt. Abtreibung war nie eine Option und so habe ich weiter studiert und nebenher in einem Plattenladen gejobbt und Alex hat ihre Fotoschule unterbrochen, gekellnert und mit BAföG und etwas Unterstützung von ihren Eltern (von meinen eher weniger) haben wir das irgendwie gewuppt. Dass Alex zwei Jahre später noch mal schwanger wurde und wir dann bald zu viert waren, fiel eigentlich kaum noch ins Gewicht, wir waren sowieso am Anschlag.

Wir hatten wenig Geld, haben uns zusammengerauft und das Ding, man muss fast sagen, bravourös durchgezogen. Ich bin extrem stolz darauf, wie wir das hinbekommen haben. Ich habe überhaupt nicht mehr darüber nachgedacht, ob Lehrer der richtige Beruf für mich war, ich habe es einfach gemacht. Es gab keine Alternative. Nach dem Referendariat bekam ich gleich eine Stelle an einem Gymnasium. Alex machte ihre Fotoschule zu Ende, Praktika und sich dann selbstständig. In den letzten Jahren nahm ihr Geschäft immer mehr Fahrt auf, die Aufträge häufen sich und Alex arbeitet derzeit sicher mehr als ich. Mir geht langsam die Luft aus. Mein Antrieb, die Familie zu versorgen, geht verloren. Und mit meiner Motivation für diesen Beruf, war es nie so weit her, um ihn wirklich gut zu machen. Und jetzt geht mir also die Luft aus. Burn-out? Midlife-Crisis? Oder einfach eine immer größere Unlust darauf, simpel zu funktionieren? Zu fremdgesteuert zu sein?

Greta ist jetzt 18, Anouk 16 Jahre alt. Die Mädchen werden immer unabhängiger, Alex auch, und ich, der ich so viele Jahre gerackert habe und eine klare Rolle in diesem Gefüge einnahm, verliere meinen Weg. Erst unmerklich und diffus, aber in letzter Zeit immer deutlicher, spüre ich, dass ich mich langweile, dass ich nicht mehr gebraucht werde und auch keine Idee habe, was ich mit dieser unerwartet erlangten Freiheit anfangen soll. Und auch in der Beziehung zu Alex ist über die Jahre des Füreinander-Sorgens, des Organisierens unseres kleinen Familienbetriebes, etwas verloren gegangen.

Und nun hat irgendetwas lange Unterdrücktes seinen Fuß in die Tür gestellt und schiebt sie langsam auf.

Immel und Robert hören zu, beschwichtigen, relativieren.

Am Ende nickt Immel lange und lächelt mich an. Robert legt mir seine Hand auf die Schulter. Ich spüre, wie sich etwas in mir löst.

»Und deshalb willst du jetzt nach Pilsen?«, fragt Robert.

Ich atme tief durch.

»Ja, zur Hölle, ich glaube schon.«

Robert fährt sich durch die Haare und blickt aus zusammengekniffen Augen die Straße runter.

»Shit, was solls.«

Er holt sein Handy raus und schaltet es zum ersten Mal seit Tagen wieder ein.

Er blickt verwirrt auf das Display.

»Um Gottes Willen. Nachrichten ohne Ende. Sorry mal kurz.«

Er geht die Straße runter, um seine Mailbox abzuhören.

Immel streckt die Beine aus und grinst mich an.

»Also moralisch lehne ich das natürlich ab, was wir jetzt tun, gell. Damit das klar ist. Ich habe ein mulmiges Gefühl. Ich bin mir gerade nicht so sicher, ob wir dich nicht eigentlich vor dir selbst schützen sollten. Und natürlich auch Alex und die Mädchen.«

Ich blicke ihn ernst an.

»Ich weiß, Immel, und ich danke dir dafür. Aber ich habe das Gefühl, das tun zu müssen. Ich glaube, ich werde das sonst ewig bereuen. Irgendwann. Futur II, verstehst du. *Es nicht getan haben werden.* Ich glaube, die Kreuzung im Wald führt gerade nach Pilsen. *And that has made all the difference,* verstehst du?«, zitiere ich das Gedicht von Robert Frost.

»Jaja, schon klar«, antwortet Immel. »Also dann. Nicht, dass du den Rest deines Lebens den Eiswürfel am Boden deines Glases anstarren musst.«

Robert kommt völlig aufgelöst zurück.

»Die Klinik war etliche Male auf der Mailbox. Ich habe das jetzt mit dem Thiele geklärt. Einen Tag haben wir noch. Kommt, wir fahren los. Um die Verwaltung kümmere ich mich auf der Fahrt.«

»Und Pressler?«, frage ich.

Robert presst die Lippen zusammen.

»Weiß noch nicht, wie ich das mache.« Er macht eine Pause und schaut uns an. »Und Kathrin war mehrfach drauf, ich soll sie zurückrufen.«

Wir sehen ihn gespannt an.

»Und?«, fragt Immel.

»Muss nachdenken. Los kommt.«

Wir fahren los nach Pilsen. Wieder mehr als 400 Kilometer in die falsche Richtung. Der Osten lässt uns nicht los, wie es scheint. *Go east, young man.* Robert blickt mit dem Handy in der Hand aus dem Fenster. Frankfurt ist eine hässliche Stadt.

»Hast du eigentlich deine Zähne geputzt, Paul?«, fragt Immel aus heiterem Himmel.

»Nein«, antworte ich, obwohl ich weiß, was kommt.

»Schade, dann hättest du mir einen blasen können.«

Robert, der gerade einen Schluck aus der Wasserflasche nehmen wollte, verschluckt sich, verschüttet Unmengen Wasser und macht Geräusche wie ein Ertrinkender.

»Mann, Immel, ich denke hier gerade nach«, schreit er, sobald er sich wieder unter Kontrolle hat. »Und überhaupt, wie kannst du dir nur so ein Zeug merken, was ist denn mit deinem Gehirn los?«

Um Immel an einem weiteren Spruch zu hindern, schiebe ich seine *Das-Leben-ist-schön-CD* ein. Der nächste Track ist *Pump It Up* von Elvis Costello.

Wir hören eine Weile zu.

»Ich rufe Kathrin nicht an«, sagt Robert.

»Meine verdammten Arschpickel«, ruft Immel plötzlich von hinten. »Ich glaube, ich muss zum Proktologen.«

Ich lache.

»Dr. Robert, wieso wird man eigentlich Proktologe?«, frage ich.

»Was?« Robert blickt uns entgeistert an. »Was ist denn mit euch los? Ich habe hier existenzielle Probleme und ihr kommt mit so einem Scheiß. Die werden halt auch gebraucht. Es gibt ja auch Menschen, die werden Gebrauchtwagenhändler. Jetzt lasst mich doch mal mit dem Quatsch in Ruhe, ich muss hier Probleme lösen.«

»Ich glaube«, meldet sich Immel von hinten wieder, »das sind Menschen, die von ihren zwanghaften Eltern daran gehindert wurden, ihre anale Phase angemessen auszuleben.«

»Das ist doch küchenpsychologischer Quatsch«, keift Robert genervt.

»Aber wo wir gerade dabei sind, Paul«, sagt Immel, »was macht eigentlich deine Strumpfhosenaversion?«

Ich schlucke und verdrehe die Augen. Nicht das Thema jetzt. »Unverändert. Und vielen Dank, Immel, dass du das Thema anschneidest, da wollte ich schon lange mal mit euch drüber reden.«

Roberts Gesichtszüge entspannen sich und er grinst mich an.

»Wieso, was ist damit?« Er wird jetzt neugierig. »Und wieso weiß ich davon nichts?«

»Das weiß niemand außer Immel. Dem muss ich das mal in einem schwachen Moment erzählt haben. Riesenfehler.«

»Jetzt aber trotzdem raus damit, das will ich jetzt wissen. Ich bin schließlich Arzt.«

»Du bist Chirurg, du kannst da nichts machen.«

»Sag das nicht.«

Ich atme tief durch.

»Also, es handelt sich um eine sogenannte Idiosynkrasie. Ich habe das mal nachgeschlagen. Das hat etwas mit Ekel zu tun. Ich ekle mich davor, wie andere vor Spinnen oder Ratten. Das ruft beinahe körperliche Reaktionen hervor. Einerseits.«

»Eine Nylon-Idiosynkrasie. Wahnsinn«, sagt Robert.

»Und andererseits?«, fragt Immel.

»Andererseits«, ich räuspere mich, »finde ich das natürlich auch über die Maßen attraktiv. Also richtiggehend erregend. Aber das hängt davon ab.«

»Wovon?«, fragt Robert.

»Na ja, ich glaube, wie gut mir jemand gefällt. Rein äußerlich.«

Mir wird heiß. Ich hasse es, so ausgefragt zu werden.

»Wenn ich Schauspieler wäre und müsste wie Dustin Hoffmann eine Frau spielen – ich müsste die Rolle ablehnen. Oscar hin oder her.«

Ich fuchtle mit der Hand in der Luft herum.

»Ich bin der einzige Mensch, der das hat. Ich kann mit niemandem darüber reden.«

»Das ist ja abartig! Wahnsinn!«, ruft Immel.

»Das Problem braucht einen Namen!«, sagt Robert. »Das muss medizinisch dokumentiert werden. Das gehört in eine Reihe mit dem *Cotard-Syndrom,* bei dem Menschen glauben, sie seien tot und der *Body Integrity Identity Disorder,* bei der man bestimmte Körperteile abstoßen muss.«

»Danke ihr zwei«, sage ich. »Ich finde es immer wieder hilfreich, mit euch über meine Probleme zu reden. Ihr habt so eine positive Art, einem Mut zu machen.«

Lonely Boy von den Black Keys hämmert los. Wir schreien mit: »*I got a love that keeps me waiting. Waiting. Waiting. I'm a lonely boy.*«

24

Da mein Schlafdefizit seinen Tribut fordert, übernimmt Robert das Steuer. Ich blicke schläfrig zum Fenster hinaus. Robert hat eine CD von Lloyd Cole eingelegt und das ist genau richtig. Ich sehe Felder, Bauernhöfe, die viel zu nah an der Autobahn stehen und kleine Ortschaften, döse immer mal wieder kurz ein, aber richtig schlafen kann ich nicht, weil mein Kopf nicht weiß, wo er hin soll. Immel liegt hinten quer über der Rückbank und schnarcht tatsächlich, der Arsch.

Während einer Pause bei Erlangen hat Robert die Krankenhausverwaltung angerufen. Nach einigem Hin und Her scheint er die Sache jetzt geklärt zu haben. Sich bei Dr. Pressler zu melden, traut er sich nicht, wie ich glaube. Er will nicht als unzuverlässiger Weichling dastehen. Wenn sein Mentor nur annähernd so tickt wie Roberts Vater, wird er nicht viel Verständnis aufbringen für derartige Bauchentscheidungen, die die Karriere gefährden. Vielleicht hofft Robert, Pressler würde es nie erfahren. Was ich allerdings bezweifle, denn es gibt sicher genügend andere Assistenzärzte auf dem Weg nach oben, die dem Chefarzt nur zu gerne etwas erzählen würden, was den allseits beliebten und geschätzten Robert Willmer schlecht dastehen lässt. Aber er kommt tatsächlich mit uns mit. Mir zuliebe. Ich muss mein schlechtes Gewissen unterdrücken. Einmal in meinem Leben tue ich etwas rein Egoistisches. Das zieh ich jetzt durch, verdammt. Robert könnte ja mit dem Zug zurück. Macht er aber nicht.

Gegen acht sitzen wir in einem Restaurant in Pilsen in der Nähe unseres Hotels. Wir haben einfach im erstbesten Hotel, das einigermaßen sympathisch aussah, eingecheckt. Noch zwei Stunden bis zum Konzert. Wir wollen rauchen, doch eine Bedienung weist uns auf das herrschende Rauchverbot hin. Bestellen dürfen wir aber. Robert ist wieder nervös und abwesend. Er hat ständig sein Handy in der Hand, mit dem er sich gerade in einer Parallelwelt aufzuhalten scheint.

»Was soll denn das jetzt?«, fragt er laut und fummelt an dem Gerät herum. Wir blicken ihn verwundert an, merken aber, dass er nicht mit uns redet.

»Das kotzt mich an«, sagt Immel. »Ich rauche doch eh nur, wenn ich mit Leuten zusammensitze und esse und trinke. Das ist doch der Sinn des Rauchens. Ich will doch nicht alleine in meiner Bude sitzen und sinnlos rumrauchen. Rauchen ist ein gesellschaftliches Ereignis. Wie kann man dem diese Qualität nehmen?«

»Wieso soll ich denn jetzt *mein Passwort* eingeben?«, schreit Robert sein Handy an.

»Du musst jetzt einfach deinen künstlerischen Durchbruch schaffen«, entgegne ich Immel. »Ich habe eine Geschichte gehört, wie der Manager von Catherine Deneuve das Personal eines Berliner Hotels rundgemacht und unmissverständlich klargemacht hat: ›Die Deneuve raucht überall.‹ Ich werde dann dein Manager: *Hören Sie zu, gute Frau: Herr Immel raucht überall.*«

»Allein das«, lacht Immel, »wäre doch ein Grund meine Seele für Ruhm und Erfolg zu verkaufen.«

»Ihr Arschlöcher«, schreit Robert durch das Lokal, aber da er nur auf sein Display schaut, gehen wir nach wie vor davon aus, dass er nicht uns meint.

»Was heißt denn hier zu jung? Ich bin 42, ihr Fucker.« Er hackt wie besessen auf dem Gerät herum.

»Also«, frage ich, »was kommt als nächstes, öffentliches Alkoholverbot oder Helmpflicht für Radler?«

»Das *ist* doch mein Passwort, das hat doch immer funktioniert. Was ist denn jetzt das Problem?«

Würde Robert Stimmen in seinem Kopf hören, er könnte sich nicht exzentrischer aufführen.

»Das ist doch alles Wahnsinn«, sagt Immel. »Ich will nicht, dass man mir ständig vorschreiben will, wie ich zu leben habe. Wenn die Helmpflicht für Radler kommt, nehme ich Reißaus. Das kann denen scheißegal sein, ob ich einen Helm trage oder nicht! Und aus ästhetischen Gründen muss ich mich dagegen entscheiden. Man weiß sogar, dass mehr Radler in greller Vollmontur in Unfälle mit Autos verwickelt sind als die anderen.«

»Ich bin nicht zu jung, was soll denn das heißen? Jetzt lass mich doch einfach meine Mailbox abhören, *du …!*« Robert verliert jede Contenance. Das habe ich selten erlebt bei ihm. Ich fürchte, wir werden gleich wieder Besuch von der Bedienung bekommen.

»Robert! Also …«, versuche ich ihn zu etwas Haltung zu ermahnen. Er hält mir das Smartphone hin.

»Die meinen, ich will eine App runterladen. Aber das geht nicht, weil ich angeblich nicht alt genug bin. Dabei will ich doch nur auf meine Mailbox.«

Er ist wirklich außer sich. Interessant, denke ich. Männer am Rande eines Nervenzusammenbuchs. Es gibt aber auch wenige Situationen im Leben eines modernen Mannes, die so nervenaufreibend sind, wie die, wenn der Computer oder das Smartphone nicht das tun, was sie tun sollen. Man kann das Problem nicht lösen, man kann aber auch nicht ablassen, weil sonst der Tag versaut ist – wenn nicht gar die Existenz an sich.

Unser Essen kommt.

Eine Männergruppe betritt laut grölend das Lokal. Sie sind etwa in unserem Alter und dem Klang nach aus Köln.

Sie haben kurze Haare mit viel Gel nach oben frisiert, die Nacken ausrasiert und sonnenverbrannt. Manche tragen Karohemden mit englischen Wörtern in Schreibschrift quer über der Schulter, andere haben sich schwarze T-Shirts mit Sprüchen wie *Team Breit – Einer geht noch* über die voluminösen Oberkörper gestreift.

»Auch ein Konzept, wie man rumlaufen kann«, sage ich.

»Leever ene Buch vum Suffe wie ene Buckel vum Arbeide, wat Jung?«, ruft einer von ihnen uns im Vorbeilaufen zu und klopft dabei Immel auf die Schulter.

»Jaja, und sieben Bier sind eine Mahlzeit. Aber dann hat man immer noch nichts getrunken!«, erwidert Immel.

Riesengejohle bei den Kölnern.

»Ihr könnt mich jetzt!« Robert knallt sein Smartphone auf den Tisch. »Ich lass mich doch nicht verarschen hier.«

Diese Artenvielfalt ist der Hammer, denke ich. Der eine schreit sein Handy an, die anderen kehren die Evolutionsgeschichte um.

»Robert«, sage ich, hauptsächlich, um ihn endlich von seinem Smartphoneproblem zu erlösen, »vermisst du eigentlich das Fußballspielen?«

Robert hätte Fußballprofi werden können. Er war talentiert und ehrgeizig genug. Sein Vater hat das Ganze, als Robert noch jünger war, natürlich mit größtem Wohlwollen gesehen. Erfolg war ihm wichtig, egal in was. Aber als er merkte, dass Robert nach dem Abitur immer ehrgeiziger trainierte und sogar überlegte, ob er überhaupt studieren soll, hat sein Vater Ernst gemacht und seine ganze Autorität eingesetzt, um Robert diese Flausen auszutreiben. Und auch Roberts Mutter hätte nie etwas anderes für ihren Sohn akzeptiert, als dass er in die Fußstapfen des Vaters tritt. Und mit unterschiedlichen Strategien haben Roberts Eltern ihren Sohn schließlich zermürbt und dazu gebracht, das Fußballspielen ganz aufzugeben und sich mit aller Kraft in sein Medizinstudium zu stürzen.

Robert legt tatsächlich sein Teufelshandy wieder auf den Tisch und blickt mich verblüfft an.

»Wie kommst du denn jetzt darauf?«

»Sag doch mal. Bereust du, dass du aufgehört hast?«, frage ich.

»Das war genau die richtige Entscheidung«, sagt Immel, »Fußball bringt doch nichts.«

»Das kann nur jemand behaupten«, sage ich, »der immer als letzter in die Mannschaft gewählt wurde.«

»Alles, was ich im Leben über Moral oder Verpflichtungen des Menschen gelernt habe, verdanke ich dem Fußball«, sagt Robert. »Von wem ist das noch mal?«

»Camus«, sage ich. »Und da hatte er recht. Man kann alles über den Charakter eines Menschen an der Art, wie er sich auf dem Platz verhält, erkennen.«

»So?«, fragt Immel. »Was für ein Fußballer wäre ich denn, hm?«

»Du«, Robert zeigt mit dem Finger auf Immel, »wärst einer von denen, die den Ball immer viel zu spät abspielen, die erst mal mit dem Ball über das halbe Feld laufen, während die Mitspieler ungedeckt danebenstehen. Und wenn der erste Gegner kommt, wirst du hektisch, spielst einen total bescheuerten Pass und dann ist der Ball weg. Deshalb wirst du auch immer Kreisliga spielen, obwohl du das Talent für mehr hättest: Du hast das Spiel nicht verstanden!«

»Hah!«, macht Immel. »So siehst du mich also! Gut, dass wir das auch mal geklärt hätten.«

Wir prosten uns zu.

»Und unser Familienvater hier?«

»Paul«, sagt Robert nach kurzem Nachdenken, »ist ein ehrlicher Malocher, unauffällig. Man muss ins Stadion gehen, um sein Spiel zu verstehen. Im Fernseher sieht man das nicht, weil er kaum spektakuläre Szenen hat. Er stellt hinten auf meist faire Art die gegnerischen Angreifer zu. Offensiv fehlt ihm für einen modernen Verteidiger etwas die Durchschlagskraft, auch wenn er immer mal sein Können am Ball aufblitzen lässt. Aber du kannst dich immer auf ihn verlassen. Wenn du den Ball verlierst, dann rennt er sich für dich die Seele aus dem Leib. Sein größtes Problem ist, dass er kein Killer ist. Den entscheidenden Elfmeter vergibt er nicht, er *schießt* gar nicht erst.«

»Wow«, erwidere ich, »hast du dir das früher schon mal überlegt oder ist das spontan?«

»Ja meint ihr denn, nur *ihr* denkt über solchen Kram nach? Was glaubt ihr, was einem in so einer Nachtschicht nach acht Stunden für Gedanken kommen?«

»Und Robert, was wissen wir über den?«, fragt mich Immel.

Ich überlege kurz.

»Robert spielt im offensiven Mittelfeld. Hat einen gnadenlosem Zug zum Tor und einen scharfen Blick für die Lücke in der gegnerischen Viererkette. Er ist allerdings viel zu eigensinnig: macht nichts für die Defensive, spielt den Ball nicht ab – wie der frühe Christiano Ronaldo oder Arjen Robben vor seiner wundersamen Wandlung.«

Robert blickt mich ernst an.

»Na toll«, sagt Immel, »und wer kommt wieder am schlechtesten weg?«

»Mach dir nichts draus«, sage ich. »Du hast ja noch Zeit, dich zu entwickeln. Wusstet ihr nämlich, dass die Schulhofkönige in der Regel die weniger erfolgreichen Menschen werden, später im Leben? Die Außenseiter und Mobbingopfer bringen es im Schnitt weiter. Das wurde untersucht. Eine Menge Politiker und Künstler gehören dazu. Also müsste deine Zeit eigentlich bald kommen, Immel.«

»Na, das freut mich doch. Und wieso geht es Robert dann so gut?«

»Was heißt hier gut?«, ruft Robert. »Ich fahre gerade mein Leben an die Wand, falls du das vergessen hast.«

»Mhm«, sagt Immel, »das ist in der Tat interessant. Das heißt, eine unbeschwerte Kindheit macht später unglücklich. Da bin ich aber froh. Ich habe mir schon immer gedacht, dass der Typ in Johnny Cashs *A Boy Named Sue*, der seinem Sohn einen Mädchennamen gibt, um ihn hart zu machen, einiges richtig gemacht hat. Dann müsstest du, Paul, aber auf jeden Fall deutlich erfolgreicher sein. Ich natürlich auch, aber ich bin wenigstens reich.« Er lacht bitter.

»Ja, ich habe auch schon überlegt«, fahre ich fort, »ob ich meine Töchter ab und zu ohrfeigen und unsere Wohnung zumüllen soll, um sie zu erfolgreichen Schriftstellerinnen oder mindestens Antifolk-Sängerinnen zu machen.«

Wir bestellen noch eine Runde Cappuccino.

»Unlängst saß in meiner Klasse eine 16-jährige Schülerin mit einem Shirt, auf dem das Cover von *Born in the U.S.A.* abgebildet war«, sage ich.

»Wieso, gab es das bei H&M?«, fragt Immel. »Das scheint ja grade ganz wichtig zu sein, dass junge Menschen mit Ramones- oder Stones-T-Shirt rumlaufen, aber kein einziges Lied kennen.«

»Nee, ich habe sie gefragt. Die kannte den wirklich.«

»Dann läuft da offensichtlich im Elternhaus einiges falsch«, sagt Immel.

»Wie bekommt man das hin als Eltern? Wenn man das unbedingt wollte, ginge es doch nie!«, sage ich.

»Vielleicht müsst ihr den ganzen Tag nur Deep House oder Slayer hören, dann entwickelt das adoleszente Kind automatisch einen Abgrenzungstrieb, der es zu romantischer Songwriter-Lyrik führt«, meint Immel.

»Andererseits scheint es mir auch ein Irrglaube zu sein«, sage ich, »dass mein Kind beginnt, Gedichte zu schreiben und diese mit der Harfe zu vertonen, wenn ich jeden Abend RTL II schaue.«

25

Wir haben den Club, in dem The Connection spielen, ausfindig gemacht und nehmen ein Taxi dorthin.

»Aber jetzt mal was Ernstes«, sage ich, nachdem wir eingestiegen sind, »was war die erste Platte, die ihr euch gekauft …?«

»Sag mal, Großmann«, unterbricht mich Immel. »Kann das sein, dass du aufgeregt bist? Du plapperst wie ein Teenager.«

Ich muss lachen.

»Ideal, die Erste«, antwortet Immel.

»Ja, klar, auch gleich noch was Unpeinliches«, sage ich. »Die meisten anderen haben zu der Zeit *Club Tropicana* von Wham! gehört.«

»Ist halt so«, verteidigt sich Immel. »Kann ich doch nichts dafür, dass ich schon mit zwölf so eine coole Sau war, während ihr noch mit euern Frisuren und Klamotten experimentiert und versucht habt, auszusehen wie Simon LeBon – es aber nur zu Gerard Depardieu gereicht hat.«

»Ich dachte«, sage ich, »deine erste Platte war *Axel F.* von Harold Faltermeyer. Zumindest hast du uns mit der Melodie über Jahre schier in den Wahnsinn getrieben.«

»Nix da«, ruft Immel, »die habe ich mir doch nicht gekauft, bist du wahnsinnig. Das lief doch dauernd im Radio. Ich fand ja nicht mal *Beverly Hills Cop* gut, im Gegensatz zu euch zwei Experten.«

»Wisst ihr noch«, frage ich, »wie wir jeden verdammten Samstag mit dem Zug nach Freiburg gefahren sind? Nur in Plattenläden. Immer wieder dieselben Platten aus den Plastikhüllen genommen, die Cover angeschaut, die Liedtitel studiert. Und dann überlegt, für welche zwei Alben pro Monat das Geld reicht.«

»Ich«, sagt Immel, »hab mir sogar mal ein Album gekauft, das ich schon hatte. Mit voller Absicht. Ich glaube von Madness. Ich wollte mir unbedingt etwas kaufen und wusste nicht, was sonst.«

»Das verstehe ich völlig«, sage ich. »Ich hatte eincn immer wiederkehrenden Traum. Darin war ich nachts alleine in einem Plattenladen und konnte alle LPs mitnehmen, die ich wollte, einfach so. Als das dann mit dem Downloaden losging, war das die Erfüllung meines Traums. Plötzlich konnte ich das wirklich machen. Alle diese Alben runterladen, die ich mir immer auf irgendwelche Listen und Zettel geschrieben und im Malibu-Katalog angekreuzt hatte, und für die dann das Geld nie gereicht hat.«

Immel blickt mich mit seltsamem Gesichtsausdruck an.

»Meine Jugend war dieser Traum.« Immel lässt diesen Worten ein sarkastisches Lachen folgen.

Er hatte als Teenager immer Geld, konnte sich fast alles leisten, was er wollte. Und da auch ihm die Musik einen Fluchtweg aus seinem emotional verwahrlosten Elternhaus wies, hatte er schon damals eine sagenumwobene Plattensammlung.

Wir fahren gemächlich durch Pilsen, es dämmert langsam. Der Fahrer schaut konzentriert nach vorn.

»Ich habe mal einen Monat lang auf das Album von Arcadia gespart«, sage ich, »und habe jeden Tag mehrfach daran gedacht und wurde immer ganz kribbelig vor Sehnsucht und Vorfreude, vor allem, nachdem ich *Election Day* im Radio gehört hatte. Bis ich sie mir endlich leisten konnte, weil ich das Pausengeld gespart hatte.«

»Und dieses wegweisende Album war natürlich jeden Pfennig wert« höhnt Immel. »Aber stimmt, du warst ja auch Fan von Duran Duran. Das vergisst man manchmal.«

»In der Tat, mein Freund. Und als wahrer Fan kauft man natürlich immer auch alle Soloplatten und Nebenprojekte. Man kann auch kein Kiss-Fan sein, ohne die vier Soloalben, die nicht nur gleichzeitig erschienen, sondern auch alle vier richtig scheiße sind, zu besitzen.«

»Kiss sind doof«, sagt Robert. »Waren sie schon immer.«

»Genau«, pflichtet ihm Immel bei. »Und wo wir gerade dabei sind: Wieso ist es eigentlich so dermaßen okay, AC/DC zu hören? Wann wurden die eigentlich cool? Die sind doch, wenn man mal ehrlich ist, unfassbar albern und prollig. Aber auf die können sich alle einigen. Du kannst als Modedesignerin genauso wie als Metal-Fan mit Wampe und Halbglatzenmatte problemlos mit AC/DC-T-Shirt rumlaufen. Und das sogar, ohne dass die eine nur ansatzweise gute Platte gemacht hätten in den letzten 20 Jahren.«

»Das ist genau wie bei den Stones«, sage ich. »Das versteht doch auch niemand, wie die noch Stadien füllen können. Die sind doch mittlerweile ihre eigenen Karikaturen.«

»Reine Nostalgie«, sagt Immel. »Ich glaube, die Leute brauchen einfach etwas, was ihnen das Gefühl von Dauer und Stabilität gibt, in diesen schnellen Zeiten. Etwas, das sich nicht verändert.«

»Es gibt aber noch einen Grund, warum diese alten Bands einfach nicht aussterben wollen«, sage ich. »Diese Musik ist wie der Fluxkompensator in *Zurück in die Zukunft*. Sie katapultiert uns zurück in unsere Jugend.«

»Du meinst, eine verklärte Version unserer Jugend«, sagt Immel. »Für die meisten Teenager ist diese Zeit doch die Hölle.«

»Wieso?«, fragt Robert grinsend.

»Jaja, Sommerwind«, sagt Immel, »du kannst da nicht mitreden, für dich war diese Zeit ja ein einziger Tag im Vergnügungspark, das wissen wir.«

»Wie auch immer«, sage ich, »jedenfalls gibt diese Musik den Altgewordenen ein Gefühl ewiger Jugend zurück. Vielleicht auch die Erinnerung an fast vergessene Träume oder daran, wie man mal werden wollte, bevor man Versicherungssachbearbeiter wurde. Also geht man auf Konzerte von Jethro Tull und Supertramp und hofft, sie spielen die ganzen alten Hits und bloß nichts Neues.«

»Also ich finde Mickie Krause toll«, sagt der Taxifahrer plötzlich auf Deutsch.

26

Gegen zehn gehen wir in den Club, in dem The Connection spielen. Ich bin aufgeregt. Ich freue mich wie blöd darauf, Justine wiederzusehen, auch wenn ich weiß, dass ich das nicht sollte. Die Vorband ist gerade fertig. Wir bestellen uns je ein Kaltgetränk und bewegen uns vor die Bühne.

The Connection knallen los. Beim dritten Lied sieht mich Justine. Sie zeigt auf mich und schaut mich den Rest des Liedes an, ich glaube, ohne zu blinzeln. Dann sagt sie: *»I've been waiting for my man. And now he's here. I'm a lucky girl.«*

Mir wird schwindlig. Immel klopft mir auf die Schulter und zeigt mir den Hochdaumen. »Immel gefällt das«, brüllt er tatsächlich und geht an die Bar.

Jetzt wird es ernst, denke ich. Ich spüre, wie ich mich langsam an den Gedanken gewöhne, heute Nacht tatsächlich zum ersten Mal fremdzugehen. Das Über-Ich hat den Kampf, den es schon die ganze Zeit eher halbherzig geführt hat, verloren. Was bedeutet das jetzt hinsichtlich Roberts Fußballmetapher vorhin? Dass ich heute zum ersten Mal ein Solo über den ganzen Platz hinlege wie Maradona 1986 gegen die Engländer? Und dann? Wie ich mich kenne, schieße ich am Ende am leeren Tor vorbei. Keine Ahnung, was das übersetzt heißt.

Etwa 20 Minuten nach der Show steht Justine neben mir. Sie trinkt Bier aus der Flasche, ohne mich anzuschauen. Ich trinke auch. Mein Herz rast, obwohl der Moment in Zeitlupe abläuft. Es ist wie dieser Effekt in *Vertigo,* bei dem Hitchcock die Kamera auf Schienen nach hinten zieht und gleichzeitig heranzoomt. Schwindel.

Ich nehme Justines Hand und ziehe sie nach draußen. Vor der Tür küssen wir uns. Drei Indie-Rock-Typen pfeifen uns zu und lachen.

»Heute Nacht schon was vor?«, frage ich.

»Komm!«, sagt sie.

Wir kaufen im Club zwei Flaschen Wein und suchen ein Hotel, das uns noch aufnimmt.

Kurze Zeit später sitzen wir wieder auf einem Hotelbett.

»So, und jetzt zu dir«, sage ich und bin sicher, nie zuvor ein coolerer Hund und ein größeres Schwein gleichzeitig gewesen zu sein.

Die Sonne scheint mir ins Gesicht und ich wache viel zu früh auf. Ich betrachte die schlafende Justine neben mir. Sie ist wunderschön.

Ich fühle mich schlecht, aber nicht so schlecht wie ich vermutlich müsste. Andererseits bin ich total elektrisiert und würde am liebsten mit Justine irgendwo hinfahren. Aber eher nicht in den Schwarzwald.

Was bedeutet das alles? Wie geht es weiter? War es das jetzt mit Alex? Oder habe ich nun das, was mir offenbar so gefehlt hat, und bin bereit für die nächsten 15 Jahre? Ist das der Schuss vor den Bug unserer Ehe, in der wir uns seit Langem in unserer Alltagsroutine lähmen, mehr WG-Genossen als Liebespaar?

Vielleicht hat Immel recht und die Kleinfamilie an sich ist am Ende oder sie ist einfach nichts für mich. Auf Dauer. Sind Familie und romantische Liebe wirklich so schwer vereinbar? Ich will mehr Küsse ins Gesicht, das weiß ich jetzt bestimmt. Ich glaube, ich hätte gerne mehrere Frauen. Also doch Polyamorie wie H. D. und Asia?

Ich stehe auf und putze meine Zähne.

Als ich aus dem Bad komme, ist Justine wach. Sie schaut mich ernst an.

»Und?«, frage ich.

»Und selbst?«, fragt sie zurück.

»Gut, glaube ich.«

»Dann auch gut«, sagt sie sanft und ich beginne, mich ernsthaft in diese Frau zu verlieben.

»Noch frühstücken?«

»Geh du zu deinen Jungs, ich bleibe noch kurz liegen.«

Ich will sie küssen, aber sie dreht sich weg.

»Mundgeruch«, sagt sie. Sie will keine große Abschiedsszene. Ich kann nicht fassen, wie toll und klug diese Frau ist, wie sensibel, immer im richtigen Augenblick das Richtige zu tun und zu sagen.

Ich küsse sie auf die Wange, ziehe mich an und verlasse das Zimmer. Bevor ich die Tür schließe, drehe ich mich noch mal zu ihr um. Sie liegt mit geschlossenen Augen auf dem Bett.

»Don't Look Back in Anger«, sagt sie.

Ich halte es nicht aus.

27

Ich gehe zurück ins Hotel zu den Jungs. Sie sitzen schon beim Frühstück.

»Paul!«, ruft Immel.

Die beiden sehen deutlich derangiert aus.

»Wart ihr überhaupt im Bett?«, frage ich.

»Im Gegensatz zu manch anderem auf unserer kleinen Butterfahrt waren wir das in der Tat nicht«, sagt Immel und die beiden prusten los.

Ich sehe, dass sie noch betrunken sind.

»Sag Alex nichts«, meint Robert tonlos. »Das bringt nichts.«

»Okay, mal sehen«, antworte ich. »Und ihr?«

»Wir haben die ganze Nacht getrunken und gequatscht«, sagt Immel.

»Haben wir noch nie vorher gemacht, haben wir festgestellt«, ergänzt Robert kauend.

»Warum eigentlich nicht?«, frage ich.

»Ja, da müsste man mal drüber nachdenken«, antwortet Immel. »Das gehört auch mal analysiert.«

»Irgendwann mal«, sagt Robert.

»Und Stella?« Ich schaue Immel fragend an.

Er winkt ab.

»War irgendwann verschwunden. Egal. Völlig egal.«

Ich schüttle den Kopf. »Immel, Immel, Immel.«

Ich bestelle mir Frühstück.

»Ja und du?«, drängt Immel. »Jetzt erzähl doch du mal!«

»Meinst du, ich erzähl das jetzt, oder was?«

»Ja, das meine ich. Das interessiert mich wahnsinnig. Und sag nicht so einen Scheiß wie ›Der Gentleman genießt und schweigt‹ oder so.«

»Oh Gott«, jammere ich und blicke Robert hilfesuchend an, aber der macht nur eine Geste, die wohl so etwas wie »Mich würde das jetzt schon auch interessieren« sagen soll.

»Verräter!«, zische ich ihn an.

Robert lacht.

»Also, *Fazit,* wie Weisbrod sagen würde«, antworte ich, »wenn ich ausdauernder gewesen wäre, wäre es noch toller gewesen.«

»Hah!«, ruft Immel, dass die Menschen an den Nebentischen zu uns schauen. »Das kommt davon, wenn man so selten Sex hat. Hast du dir denn vorher keinen runtergeholt, um Himmels Willen?«

Robert prustet los.

»Ja, wann denn?«, rufe ich. »Ich bin doch seit Tagen nicht mehr alleine gewesen. Und immerhin habe ich so viel Anstand, eure Anwesenheit dabei nicht komplett zu ignorieren.«

»Ja«, sagt Robert, »da sind wir auch verdammt froh. So weit geht die Intimität dann doch nicht. Los jetzt«, drängt er. »Wie viele Kilometer sind das bis nach Hause? Wir müssen heute durchfahren. Am Dienstag will ich wieder in Berlin sein.«

Na prima, denke ich. Die beiden haben noch Restalkohol und ich soll mit zehn Stunden Schlafdefizit aus den letzten Nächten mal schnell 600 Kilometer runterreißen.

Eine halbe Stunde später sitzen wir in unserem Mietwagen und fahren mal wieder auf der D 5 in Richtung Bayern.

Ich lege eine MD ein, die ich *Heaven* genannt habe, natürlich nach dem Song von Talking Heads, nicht nach irgendeinem anderen der vielen Songs mit diesem Titel. Darauf befinden sich einige meiner absoluten Lieblingslieder. Lieder, die diverse Altersstufen überdauert haben und in den verschiedensten Stimmungen funktionieren. Der erste Track ist *Nightswimming* von REM.

Immel grunzt zufrieden, Robert brummt selig. Beide schließen die Augen. Ich lächle.

Nightswimming deserves a quiet night. The photograph on the dashboard taken years ago. Turned around backwards so the windshield shows. Every streetlight reveals the picture in reverse.

Ich sehe, dass die Herren Mitfahrer eingeschlafen sind. Robert hat seinen Kopf unnatürlich verdreht und schnarcht leicht vor sich hin. Immel liegt wieder quer über der Rückbank und schnarcht, als hätte er eine chronische Atemwegserkrankung.

Lou Reed singt *Perfect Day.*

Ich denke an Alex. An ihre kleinen Botschaften, die sie früher überall hingeklebt hat, wenn sie das Haus verließ.

Habe ich ihr eigentlich jemals gesagt, wie sehr ich die vermisse?

So, jetzt ist es passiert. Was habe ich getan? Schuld, Reue, das volle Programm. Ich dachte schon, da kommt nichts mehr.

Ich denke an Alex' Gereiztheit in letzter Zeit, weil sie so viel arbeitet und ich das Gefühl habe, alles was mit Familie oder mit mir zu tun hat, nervt sie nur noch, weil sie das von Wichtigerem abhält.

Wann habe ich ihr zum letzten Mal eine Mix-CD gebrannt? Sie unvermittelt geküsst? Und andersrum?

Wieso schminkt sie sich eigentlich in letzter Zeit nur noch, wenn sie zu einem Job muss? Obwohl sie mir ja ungeschminkt sowieso besser gefällt. Hat sie begriffen, dass sie es nicht nötig hat, weil sie wunderschön ist? Aber vielleicht sollte ich ihr das öfter sagen? Vielleicht hat sie es aufgeben, sich für mich schön zu machen.

The War on Drugs singen *Red Eyes.* Perfekte Autofahrmusik. Wir passieren die tschechisch-deutsche Grenze.

Wieso sind wir eigentlich noch zusammen, jetzt mal ganz ehrlich? Nur aus Fantasielosigkeit oder aus Bequemlichkeit oder ist da noch mehr? Will ich im Grunde doch nur meine Ruhe? Die sie mir ja in letzter Zeit wirklich lässt. Und das ist mir natürlich auch nicht recht. Lässt sie mich einfach sein, wie ich bin? Warum? Weil sie mich liebt oder weil sie kapituliert hat? Oder, weil ihr jetzt andere Dinge wichtiger sind? Wie sieht sie mich eigentlich? Wie sehe ich mich eigentlich?

Ich muss Immel noch mal fragen, der kann mir das alles vielleicht erklären.

Die Beach Boys singen *God Only Knows.*

Die Julisonne brennt auf hellgelbe Getreidefelder und dunkelgrüne Wälder zu beiden Seiten der Autobahn. Jeden Tag schönes Wetter, seit wir losgefahren sind. Ein Sommer wie früher als Kind, als man sich noch ohne Wetterbericht für den nächsten Tag im Schwimmbad verabreden konnte, weil man wusste, dass es sowieso schön sein würde.

Könnte ich mir vorstellen, mit jemand anderem zusammen zu sein? Ich versuche, mir ein Leben ohne Alex vorzustellen. Wie würde das aussehen? Würde ich wieder jemanden finden? Würde ich das überhaupt wollen? Oder erst mal eine Weile die Sau rauslassen? Wie geht das überhaupt? Dieser Trip hier ist ja nicht real. Zurück in Berlin mit Jobstress und Alltag, muss ich dann am Wochenende wieder in Discos und solche Sachen? Kochkurse machen? Wo lernt man mit 40 jemanden kennen? Ich könnte nebenher noch ein Sinologie-Studium machen. Obwohl, die Chinesen sind mir unheimlich.

The Cruel Sea singen *Blame It on the Moon.*

Ich denke daran, wie die Mädchen und ich uns an verregneten Sonntagnachmittagen auf dem Sofa in Decken eingekuschelt und uns Filme angesehen haben. Und Alex dann von einem Job oder vom Schreibtisch kam und sich zu uns gelegt hat. Und ich denke, dass wir das schon mindestens zwei Jahre nicht mehr gemacht haben, weil Greta jetzt an Sonntagnachmittagen mit Max auf ihrem Zimmer ist und Anouk bei ihrem Pflegepferd ist oder lebenswichtige Informationen auf Facebook postet. Alex sitzt neuerdings bis abends am Schreibtisch, weil sie so viel wegzuarbeiten hat. Buchhaltung, Rechnungen schreiben und so. Und ich korrigiere Deutschaufsätze bis mir der Stift vor lauter Müdigkeit aus der Hand fällt und mich nur noch eine Live-Version von *Born to Run* in voller Lautstärke rettet.

Someday girl, I don't know when, we're gonna get to that place, where we really want to go and we'll walk in the sun, but till then tramps like us, baby, we we're born to run.

Als die MD durch ist, merke ich, dass ich völlig am Ende bin und meine Augenlider schwer werden. Robert ist wieder wach.

Er lächelt mich an. Jemand hat mal über Mick Jagger gesagt, dass man, wenn er lächelt, weiß, dass mit der Welt alles im Lot ist. Das gilt auch für Robert.

»Soll ich fahren?«, fragt er und ich nicke erleichtert.

28

Kurz vor Nürnberg machen wir Rast. Der Tank ist schon auf Reserve. Immel streckt sich auf dem Rücksitz.

»Oh, schön. Pause. Ungesunde Sachen kaufen.«

Ich steige aus, stecke die Zapfpistole in den Tankstutzen und folge Immel und Robert in den Shop.

Die Tankkosten, wie überhaupt die meisten Ausgaben wie Essen und Übernachtungen, teilen sich Robert und ich. Immels Beitrag bleibt bescheiden. Er hat diese Sperre dagegen, das Geld seines Vaters auszugeben. Wir lassen ihn weitgehend in Ruhe damit, weil es uns nicht so wichtig ist und weil wir wissen, warum Immel so ein seltsames Verhältnis zu Geld hat.

In Immels Elternhaus gab es alles, was man sich vorstellen konnte. Sie hatten einen Pool im Garten, den größten

Fernseher weit und breit, einen Keller mit Sauna, Innenpool und Bar. Er hatte die leistungsstärkste Stereoanlage, einen Fernseher im Zimmer und gleich einen Commodore 128, wo alle anderen höchstens einen C 64 besaßen. Er wollte Liebe – und kriegte Taschengeld, wie Udo Lindenberg einst sang.

Aber es gab einen großen Widerspruch zwischen diesem protzigen Schein und der bedrückten Stimmung, die herrschte, wenn keine Gäste da waren. Nach außen war Immels Vater ein witzereißender und jovialer Lebemann. Wenn er alleine war, saß er alleine in seinem Studio und sah sich alte Auftritte von sich selbst an. Seine Schlagerband – oder besser Kapelle – existierte zu der Zeit noch, aber die Auftritte wurden immer peinlicher. Betriebsfeiern, Festzelte, ab und zu mal noch eine Mehrzweckhalle mit immer älter werdenden toupierten Hausfrauen. Immels Mutter war die reine Fassade und die war selbst für uns Pubertierende als solche völlig offensichtlich, auch weil sie hauptsächlich mithilfe von Medikamenten und Alkohol aufrechterhalten wurde.

Irgendwann erfuhr Immel dann, dass sein Vater sich die Urheberrechte der beiden größten Hits der Band in den späten Siebzigern auf hinterhältigste Weise erschlichen und den eigentlichen Komponisten aus der Band gemobbt hatte. Nachdem das in ihrem schwäbischen Heimatort jahrelang als Gerücht kursiert war, wurde die Situation für die Familie zusehends unangenehm, was der Grund für ihren

Umzug in unser Kaff war. Den kleinen Immel ließ man weiterhin im Dunkeln tappen und irgendwann stellte er seinen Vater zur Rede.

Danach brach für Immel etwas zusammen, sodass es ihm nicht einmal mehr möglich war, so zu *tun*, als würde er gerne in diesem Haus leben. Er rebellierte offen, es kam zum Bruch und mit 18 zog Immel aus, in eine WG in Freiburg, wo er zwei Jahre lebte, bis er nach Berlin ging. Er, der bis dahin materiell so verwöhnt worden war, weigerte sich von einem Tag auf den anderen, weiterhin Geld von seinen Eltern anzunehmen, und lebte bis zu ihrem Tod – sein Vater starb vor fünf, seine Mutter vor drei Jahren – hauptsächlich von Arbeitslosengeld und hin und wieder veräußerten Kunstwerken. Eine geregelte Arbeit anzunehmen, war ihm unmöglich. Das, was Robert zu viel an Ehrgeiz hatte, hatte Immel zu wenig. Es schien, als ekle er sich davor, sich für irgendetwas dauerhaft zu engagieren oder Verpflichtungen einzugehen.

Wir kaufen Zigaretten und bierhaltige Mixgetränke in unnatürlichen Farben.

»Sag mal, Robert«, beginnt Immel, »du machst doch auch Sport wie jetzt alle in unserem Alter, richtig?«

Robert verdreht die Augen.

»Ja, Immel, ich gehe regelmäßig laufen. Als Ausgleich zu meinem anstrengenden Beruf.«

»Und trägst du dann auch diese albernen Laufhosen? Diese engen, langen Hosen? So ganz eng eingepellt? So eine

Hose, wie du sie mit 17 nicht einmal unter Androhung von Prügeln getragen hättest? Und dich kaputt gelacht hättest, wenn du jemanden in diesen Hosen gesehen hättest? Solche Hosen, Robert, hm?«

Wir steigen ein, Robert setzt sich ans Steuer und fährt los.

»Immel, darauf reagiere ich gar nicht, das ist mir zu blöd.«

Ich höre ein *Pfump*-Geräusch, kann es aber nicht einordnen und vergesse es wieder.

»Und trägst du auch Radlerhosen? Im Sommer?«

»Immel!«, ruft Robert. »Was denn? Paul, hast *du* seine Medikamente eingesteckt? Ich glaube, es ist schon wieder so weit.«

»Ich habe keine Macke«, schreit Immel, »das sind Special Effects.«

Ich muss lachen. »Ich finde, Immel hat recht. Wieso verlieren Menschen, denen ihr Körper offenbar so wichtig ist, jedes ästhetische Gefühl dafür? So kann man doch nicht rumlaufen.«

»Dafür gibt es Gründe. Aber die kennt ihr natürlich nicht, weil ihr nur rumsitzt und euch nicht bewegt.«

»Und zeichnest du dann auch deine Laufstrecke und deinen Puls auf und verschickst die Daten danach gleich an dein soziales Netzwerk?«

»Ja und?«, fragt Robert. »Das machen doch ...«

»Paul, was sollen wir machen?«, unterbricht ihn Immel in gespielter Verzweiflung. »Wir sind die letzten in unserem Alter, die keinen Sport machen. Joggen, Fitnessstudio, Radfahren. Sind wir bescheuert oder die letzten Normalen? Ich komme mir bald vor, wie in einem dieser Science-Fiction-Filme, in denen alle sich so gleichgeschaltet verhalten und nur ein paar ...«

»Sag mal, Robert«, unterbreche ich ihn, »hast du das Benzin bezahlt?«

»Welches Benzin?«

»Na, das, das wir gerade getankt haben.«

»Nö, wieso, hätte ich sollen?«

»Du, Immel?«

»Iiiich?«, empört sich Immel.

Langsam ermittelt mein Verstand, was das seltsame Geräusch vorhin war. Ich schaue in den Seitenspiegel und sehe die abgerissene Zapfpistole aus dem Tankstutzen ragen.

»Wir haben ein Problem. Wir haben – anstatt zu zahlen – den Schlauch abgerissen!«

»Da vorne ist eine Ausfahrt, ich fahr da raus«, sagt Robert geistesgegenwärtig.

Immel lacht sich auf dem Rücksitz kaputt.

Wir wollen sofort wieder auf die Autobahn, um in die andere Richtung bis zur nächsten Ausfahrt zu fahren, dort wieder umkehren, zur Tanke zurückfahren und dann alles aufklären. Soweit die Theorie. Als wir auf der Autobahn sind, sehen wir auf der Gegenfahrbahn mehrere Polizeiautos und Motorräder.

»Fuck«, schreie ich.

»Man fahndet bereits nach uns«, sagt Immel und lacht wieder.

»Oh oh, das macht sich aber gar nicht gut in der Beamtenakte! Die weiße Weste hat den ersten Fleck!«

»Immel, du Arsch, jetzt sei mal ruhig. Und mach nicht ›Oh oh‹ zu mir«, sage ich.

Wir sind bei der nächsten Ausfahrt angelangt und machen eine erneute Kehrtwende.

Nach etwa 200 Metern hat man uns eingeholt. Wir fahren auf den Standstreifen.

Zwei Polizisten kommen auf uns zu. Robert und ich steigen aus und erklären uns.

Die jungen Männer sind skeptisch, aber nicht unfreundlich. Sie bitten uns, hinter dem Polizeiauto her zur Servicestation zu fahren.

Als wir dort ankommen, kommt der Besitzer angerannt und schreit irgendwas. Wir können ihn nicht verstehen.

Er zieht die Zapfpistole aus dem Auto und beschuldigt und beschimpft uns aufs Übelste.

»Jetzt sind Sie doch mal ruhig! Das bringt uns doch hier nicht weiter«, blafft ihn einer der Polizisten an.

Mittlerweile sind noch drei Streifenwagen eingetroffen. Die ersten Schaulustigen versammeln sich.

»Also, jetzt mal langsam«, sagt ein Polizist zu uns. »Was ist hier los?«

»Na, unser Herr Oberstudiendirektor hier hat angefangen zu tanken«, sagt Immel, ehe wir ihn stoppen können,

»aber der Oberarzt hat die Mission nicht beendet. Sobald man im Auto sitzt, ist alles zu spät, dann denkt man nur noch, ab die Waldfee!«

»Immel, jetzt sei doch mal ruhig«, brülle ich ihn an.

»Äh, ja, also«, sagt der Polizist.

Der Tankwart fängt wieder an zu schreien. Er fordert Schadenersatz, und dass man uns die Hände abhacken solle, wenn ich ihn richtig verstehe.

»Ruhe!«, schreit der Polizist.

»Also, noch mal langsam jetzt«, wendet er sich an mich.

Ich versuche ihm zu erklären, dass das alles ein Missverständnis, ein dummer Fehler war und dass wir für den Schaden natürlich aufkommen werden. Ich bete, dass Frau Bold für so einen Fall irgendeine Lösung parat hat.

»Das haben die schon öfter gemacht, Herr Schutzmann«, sagt Immel. »Das ist deren Masche, das sind ganz üble Gauner. Da müssen sie jetzt mal ein Exempel statuieren, da darf man jetzt nicht zu weich sein mit diesen Halunken.« Irgendetwas geschieht mit Immel, wenn er mit Autoritätspersonen zu tun hat. Das war schon immer so.

»Also, Sie sind jetzt mal ruhig«, sagt der Polizist zu Immel. Dann wendet er sich an den Tankwart und schreit: »Und Sie beruhigen sich jetzt auch, wir übernehmen ab hier.«

Ich bin etwas unsicher, ob man jemanden durch Schreien dazu bringen kann, sich zu beruhigen, aber der Tankwart wird tatsächlich still.

»Sie begleichen jetzt ihre Rechnung, und dann setzen Sie sich in Ihren Wagen und folgen uns zum nächsten Revier«, wendet er sich wieder an uns.

»Immel, du bist so ein Trottel«, sagt Robert.

»Ich verlass mich halt nur auf meine Sinne: Wahnsinn, Blödsinn, Irrsinn«, sagt der und kichert wieder.

Demütig gehen wir zurück in den Shop der Tankstelle und zahlen. Der Tankwart blickt uns finster an, nimmt aber Roberts goldene Kreditkarte dann doch.

Wir gehen zurück zum Auto.

Die Fahrt endet an einem mittelfränkischen Polizeirevier, wo man uns erst mal knapp eine Stunde warten lässt, bevor wir verhört werden. Nach einer weiteren halben Stunde ist soweit alles klar. Protokolle wurden ausgefüllt, mahnende Worte gesprochen. Wir sind reuig, einsichtig und äußerst kooperativ. Das gefällt den Ordnungshütern.

Was mir mehr Sorgen macht, ist, dass ich jetzt wieder mit Frau Bold telefonieren muss. Mein Knie sticht. Das wird jetzt langsam wirklich lächerlich.

»Hallo, Frau Bold?«

»Der Herr Großmann. Immer noch unterwegs? Es will nicht so richtig vorangehen, was? Kann das sein, dass Sie gar nicht nach Hause wollen? Und waren Sie schon bei der Polizei?«

Ich atme tief durch.

»Frau Bold, das sind jetzt sehr viele Fragen auf einmal. Ich ...«

»Wo drückt denn der Schuh? Hm?« Ihre Stimme klingt jetzt mild und verständnisvoll. Ein wenig wie diese Susi in der Sendung *Herzblatt* früher. Genau das brauche ich jetzt.

»Wir hatten beim Tanken ein Malheur. Uns ist die Zapfpistole abgerissen und literweise Benzin ist ausgelaufen und ich weiß nicht, was noch alles.«

»Sie haben eine Zapfpistole abgerissen?«

»Na ja, wir waren müde und dann kommt eines zum anderen und ... Sie wissen ja –«

»Nein, Herr Großmann, das weiß ich nicht.«

»Äh, und jetzt?«, frage ich.

»Herr Großmann, Herr Großmann, was soll ich nur mit Ihnen machen?«

»Ja, hm«, sage ich. Ich glaube, Frau Bold war mir lieber, als sie noch mit enigmatischen Aphorismen um sich geschmissen hat.

»Und Ihre Frau?«

»Frau Bold, ich weiß jetzt nicht ...«

»Schon gut, Sie müssen ja wissen, was Sie tun. Aber denken Sie daran: William Blake muss nicht zwangsläufig recht haben damit, dass der Weg der Maßlosigkeit in den Palast der Weisheit führt.«

Na also, geht doch, denke ich.

»Ja, aber erst wenn die Pforten der Wahrnehmung gereinigt sind«, sage ich erstaunlich schlagfertig, »werden wir die Dinge sehen, wie sie wirklich sind: Unendlich.«

»Touché«, sagt sie.

Ich grinse.

»Also«, sagt sie, »ich kläre das und melde mich gleich wieder. Und gehen Sie zur Polizei!«

»Mache ich. Danke.«

29

Wir sind wieder auf der Autobahn. Es ist schon Nachmittag. Dieses Malheur hat uns über zwei Stunden gekostet. Ich glaube nicht, dass wir es heute noch bis in den Schwarzwald schaffen werden.

»Sag mal, Paul«, sagt Immel von hinten, »wie ging das eigentlich weiter mit dir und Kim?«

»Kim?«, frage ich. »Was soll da gewesen sein, du hast das doch alles mitbekommen.«

»Hallo-o?« sagt Immel. »Doch nicht Kim aus Frankfurt! Ich spreche von Kim Wilde. Für die du einen Schrein in deinem Zimmer hattest?«

»Argh«, sage ich. »Sag nicht *Hallo-o* mit Fragezeichen und rede nicht wie ein 15-jähriges Mädchen mit mir. Sagst du jetzt auch noch Sachen wie ›Ja sichi‹ und ›Leider geil‹?«

»Oh, die Sprachpolizei rät mal wieder«, sagt Immel.

Man muss dazu sagen, dass ich mit 14 der größte Kim-Wilde-Fan der Welt war. Ich hatte eine Wand mit Bildern und Kleinstschnipseln von ihr. Wenn in der Bravo in einem Kreuzworträtsel gefragt wurde »Wem gehört diese Hand?«, habe ich sie ausgeschnitten. Teilweise waren die Reißnägel größer als die Schnipsel. Ach ja, ihre Musik fand ich natürlich auch toll. Vor allem ihr Album *Catch As Catch Can.* Da sah sie auch grandios auf dem Cover aus.

»Ja, Kim, was soll ich sagen?«, versuche ich mich an einer Antwort, »irgendwie ist unser Verhältnis deutlich abgekühlt. Ich habe nicht mal mehr Platten oder CDs von ihr, außer der ersten natürlich. Die anderen gingen alle weg, als ich vor dem Studium alle Schrottplatten an so einen Typen aus Freiburg verscherbelt habe. Und da hatte sich einiges angesammelt. Wieso habt ihr mich eigentlich nicht davon abgehalten, so einen Kram wie Bananarama zu kaufen?«

»Ja, was soll *ich* denn sagen?«, schreit Immel in gespielter Verzweiflung. »Ich hatte sogar das Soloalbum des Gitarristen von Europe.«

»Und wenn *ihr* mir sagt«, mischt sich jetzt Robert ein, »wie das erste Album von Stephanie von Monaco hieß, dann kauf ich euch nachher ein Eis. Das Album, wohlgemerkt, nicht die erste Single, die kennt ja jeder.«

Ich muss passen. Aber ich fürchte, Immel weiß es. Ich blicke in den Rückspiegel.

»Ich nehme ein Nucki Erdbeer. Gibt es das noch?«, sagt Immel.

»Der *Titel!*«, drängt Robert. »Nicht nur heiße Luft wie sonst immer.«

»Es ist mir fast zu leicht«, sagt Immel. »*Ouragan.* Dass *du* das nicht weißt, Paul.«

»Ich könnte jetzt damit anfangen, was ich alles weiß und du nicht ...«

»Ja, das könntest du, aber das tut jetzt nichts zur Sache. Kim heißt unser Thema, gell! Wir haben eigentlich nie darüber gesprochen, wieso diese erotische Obsession sich so schnell gelegt hat.«

Ich blicke Robert an. »Hast du ihm von meiner Collage erzählt, oder worum geht es hier?«

»Keine Ahnung, ich denke nicht«, erwidert Robert.

»Erzähl schon«, quengelt Immel.

»Also gut«, sage ich mit einer Mischung aus Widerwillen und Vorfreude. »Also, das war, bevor wir uns kannten, Immel. Die Sache war die: Kim war ja irgendwie schon sexy angezogen, aber immer komplett ohne Dekolleté und mit viel zu wenig Haut insgesamt. So hochgeschlossen. Und das waren immerhin die Zeiten von Samantha Fox und Sabrina und so. Da habe ich ein Bravo-Poster von Heather Thomas genommen, die aus *Ein Colt für alle Fälle,* wie sie im Bikini im Schaumbad steht, und Kims Kopf draufgeklebt.«

Immel und Robert wiehern vor Vergnügen.

»Ich glaube«, sage ich, »das war der Moment, wo auch das Verhältnis zu meiner Mutter begann, schwierig zu werden. Die hat mich ab da immer so durchdringend angesehen, so in der Art wie ›Ich will nicht wissen, was in deinem Kopf vorgeht und was du in deinem Zimmer so alles treibst, aber weil ich deine Mutter bin, weiß ich es natürlich trotzdem.‹ Mein Vater hat das wahrscheinlich nie mitbekommen, der war eh nie in meinem Zimmer.«

»Vielleicht saß er drin, wenn du nicht da warst«, sagt Immel, »und hatte in deiner Kim-Heather-Collage nun endlich den Beweis dafür, dass bei dir einiges schiefgelaufen war.«

Das ist gar nicht mal so abwegig, denke ich.

»Na immerhin, du Eumel«, sage ich lachend, »bin ich ein vollwertiges Mitglied unser Gesellschaft geworden und trage, im Gegensatz zu manch anderem hier, von dem man überhaupt nicht weiß, was genau er den ganzen Tag so macht, eine Menge zum Gemeinwohl bei.«

»Da mag schon sein«, mischt sich Robert plötzlich viel zu ernst ein, »aber du weißt schon, dass du eigentlich immer unter deinen Möglichkeiten geblieben bist.«

»Wie?«, frage ich.

»Na ja, du warst ein super Fußballer und hast nichts daraus gemacht, du hast ordentlich Gitarre gespielt und hast einfach aufgehört zu üben. Und vor allem konntest du schreiben wie der Teufel. Du hast Preise gewonnen, verdammt. Und dann hörst du einfach auf damit. Stattdessen wählst du den sichersten Job der Welt, der dir nicht einmal Spaß macht – obwohl du viel mehr draufgehabt hättest. Dir hat es einfach immer an Ehrgeiz und Disziplin gemangelt. Das hab ich gemeint gestern, als ich sagte, du würdest den Elfmeterschuss einfach verweigern. Das Einzige, wo du dich jemals richtig reingehängt hast, ist, deine tollen Kinder großzuziehen.«

Zack! Roberts Worte treffen mich. Was ist denn mit dem los, so aus heiterem Himmel? Niemand spricht. Ich blicke Immel an. Der schürzt die Lippen, runzelt die Stirn und blickt mich gespannt an.

Ich könnte jetzt antworten, dass das ja wohl eine ganze Menge ist und dass es ja wohl darauf ankommt, was einem im Leben wichtig ist und so weiter, aber irgendwie habe ich darauf gerade keine Lust, weil Robert natürlich schon auch einen wunden Punkt getroffen hat.

Aber ist das ein Wunder, dass das bei mir so ist?

Armut, Lieblosigkeit oder fehlende Anerkennung mögen ja bei manchen Menschen Triebfedern für besondere Leistungen sein. Bei mir hat es eher das Gegenteil bewirkt. Ich habe mir eine Weile eingeredet, die ewige Ablehnung wäre mir zumindest gleichgültig, aber das stimmte nicht.

Irgendwann war ich entnervt davon, dass mein Vater das Gitarrespielen hasste. Was irgendwie konsequent war, denn mich hasste er ja auch. Ich konnte gar nicht so leise spielen, dass er nicht von unten gegen die Decke oder gegen meine Zimmertür gehämmert hätte.

Und vor allem das Schreiben war ihm ein Dorn im Auge. Das Schreiben als Ausgeburt meines Hangs zur Tagträumerei. Die Schuld war am Tod von Einstein. Unserem Hund. Seinem Hund.

Für meinen ersten Preis bei diesem landesweiten Jugendliteraturwettbewerb hatte er dann nichts als Hohn übrig. Während des Studiums habe ich aufgehört zu schreiben. Und seither habe ich außer Tafelanschrieben nichts mehr verfasst.

Ich habe auf Lehramt studiert, weil ich keinen Schimmer hatte, was sonst, und ich da problemlos mit meinem mittelmäßigen NC reinkam. Die Schule hat mich nie sonderlich interessiert. Außerdem habe ich regelmäßig wichtige Klausuren vergeigt, weiß der Geier, warum.

Ich war der erste aus unserer Familie, der je studiert hat. Das war meinen Eltern suspekt. Es kam kaum Unterstützung. Aber unter Lehramt konnten sie sich wenigstens etwas vorstellen, das war ein solider, sicherer Beruf. Das sind Kategorien, in denen sie und eigentlich die meisten Menschen, die ich von früher kenne, denken. Da muss man dann nur aushalten, dass man regelmäßig mit Spott überzogen wird, weil man halt nicht so viel arbeitet und dauernd Ferien hat. Aber wieso so weit weg? Und wieso kann man nicht einmal im Monat nach Hause kommen? Und was macht man da die ganze Woche? Sie konnten ihre Vorurteile über das lockere und disziplinlose Studentenleben in der Großstadt nie ablegen, und ich habe ihnen nie gesagt, wie recht sie damit hatten.

Die Gleichgültigkeit meines Vaters hat mich, so vermute ich, mehr zermürbt, als ich immer dachte. Sie hat mein Selbstvertrauen kleingehalten und dafür gesorgt, dass ich lieber den Weg der Verweigerung gewählt habe, als den des grandiosen Scheiterns. Im Grunde bin ich wie Immel. Nur dass das Leben mich einfach irgendwann gepackt hat und grob durchgeschüttelt – und mich jetzt gerade wieder ausspuckt.

30

Herr Fahrdienstleiter, fahren Sie doch mal bitte da vorne raus«, sagt Immel. »Ich muss mal.«

Wir halten an einer Autobahnraststätte. Die Kabinen sind alle besetzt. Ich stelle mich an ein Pissoir. Nichts passiert. Ich kann nicht. Oh Mann, jetzt das wieder. Ich kann einfach nicht, wenn jemand daneben steht. Die einzige Situation, in der das funktioniert, ist nachts, draußen, angetrunken mit ein paar Kumpels. Ganz schlimm ist es, wenn ich mich alleine auf einem öffentlichen Klo befinde, aber schon verkrampfe – aus lauter Angst, es könnte gleich jemand hereinkommen.

Immel kommt herein, stellt sich neben mich und fängt an, mich mit irgendetwas vollzulabern.

»Sag mal, Immel, spinnst du, mich hier zuzuschwallen? Hast du gar kein Taktgefühl? Außerdem will ich nicht mit dir reden, während du dein Ding in der Hand hältst.«

»Wieso, stört dich die Größe, oder was? Weißt du, der muss so groß sein, damit kompensiere ich meinen fehlenden Sportwagen«, sagt er und geht hinaus.

Ich bin fast high vor lauter Müdigkeit. Man wird so seltsam gleichgültig, wenn man über einen längeren Zeitraum zu wenig schläft. Keine schlechte Sache eigentlich.

Als ich draußen bin, rauche ich noch eine Zigarette und warte auf Immel und Robert, die im Shop wieder mal irgendwelche Nahrungssimulationen erwerben.

Mein Handy klingelt. Es ist Alex.

»Hey, gehts dir gut, Paul?«

Ich kann mich nicht erinnern, wann Alex mich das zuletzt gefragt hat. Oder überhaupt irgendjemand.

»Ja, mir gehts gut. Und dir?«

»Ich mache mir Sorgen.«

»Weswegen? Läuft dein Geschäft nicht gut?«

»Um uns, Paul. Und um dich.«

Ich weiß nicht, wie ich reagieren soll.

»Ist Robert in der Nähe?«, fragt Alex plötzlich.

»Nein, warum?«

»Kathrin will ihn seit Tagen erreichen, aber er geht nicht dran und ruft nicht zurück.«

»Ich weiß. Was will die Kuh denn?«

»Sag das nicht. Du hast ja keine Ahnung.«

Und dann erzählt sie mir die bisher unbekannte Version von Robert und Kathrin. Dass Kathrin schon seit Jahren ein Kind von ihm will. Unbedingt. Robert hat sie hingehalten, vertröstet auf irgendwann einmal. Nach mehreren Anläufen in den letzten Jahren hat sie es aufgegeben. Robert hat immer mehr gearbeitet, war kaum noch zu Hause, auch an Wochenenden. Sie haben kaum noch etwas zusammen unternommen. Dann lernte Kathrin diesen Kollegen von der Inneren kennen. Er hat sie zum Essen eingeladen, war aufmerksam und charmant, also all das, was Robert früher einmal war. Und jetzt ist sie schwanger. Sie weiß nicht von wem. Die Chancen, dass Robert der Vater ist, sind eher gering, aber es ist möglich. Deshalb hat sie versucht, Robert zu erreichen, um ihm von ihrer Schwangerschaft zu erzählen. Sie möchte das Kind bekommen. Zur Not auch alleine.

Alex hält es für möglich, dass Kathrin absichtlich nicht verhütet hat, sie weiß es aber nicht.

»Und was soll *ich* jetzt machen?«, frage ich, nachdem sie fertig ist.

»Du bist doch sein Freund, oder? Dann wirst du es schon wissen.«

»Okay«, sage ich kleinlaut.

»Und, Paul?«

»Ja?«

»Wenn du wieder da bist, nehmen wir uns mal ein wenig Zeit, okay? Unternehmen was Schönes. Hast du Lust?«

»Und ob!« Mir wird warm.

»Machs gut. Grüß die Jungs.«

»Mach ich.«

Ich überlege, ob ich ein *Love you* anfügen soll, so gerührt und erfreut bin ich über dieses Telefonat, aber das kommt mir dann doch etwas übertrieben vor. Das habe ich ja schon ewig nicht mehr gesagt. Außerdem bin ich mir nicht sicher, ob es überhaupt stimmt.

Ich beende das Gespräch und atme durch.

Wir fahren weiter. Wir werden heute definitiv nicht mehr weit kommen.

»Wir fahren aber schon noch durch, oder?«, fragt Robert. »Ihr macht jetzt nicht schlapp!«

Ich fasse mir ein Herz. Die Zeit der Feigheit ist vorbei. »Robert? Ich muss dir was sagen.«

Sein Handy klingelt.

Er blickt verwundert auf das Display.

Er schaut mich an und drückt den Knopf.

»Ja«, sagt er zögernd.

Und dann sagt er eine Weile gar nichts.

»Wie schlimm genau?«, hören wir ihn irgendwann sagen.

Und dann: »Nein, ich bin nicht in Berlin ... zwei, drei Tage ... könnt ihr das machen? ... Danke, tschüss ... ja, ich melde mich.«

Wir blicken ihn gespannt an.

»Fahr mal da vorne raus.«

One step up and two steps back, denke ich.

Ich nehme die nächste Ausfahrt. Wir sind irgendwo kurz vor Ansbach. Ich fahre in die erstbeste Ortschaft.

Wir fahren durch Straßen, wie man sie nur in deutschen oder österreichischen Dörfern findet. Komplett zubetonierte Häuserfronten. Häuser, Mauern, große Holztore. Alles dicht. Keine Blumen, kein Rasen, keine offene Einfahrt. Das Leben findet hinter dieser Fassade statt. Hinter den Toren verbergen sich wahrscheinlich die schönsten Höfe, rebenumrankt mit Kopfsteinpflaster. Die Tore werden nur einmal im Jahr geöffnet, zum Weinfest. Vielleicht.

Ich verstehe das nicht. Mein Traumhaus habe ich in dem Film *Wer die Nachtigall stört* gesehen. Die Veranda vor dem Haus, auf der Gregory Peck sitzt und sich mit vorbeischlendernden Nachbarn unterhält. Das war immer mein Traum, so zu wohnen. Bei uns sitzt man hinter dem Haus, hinter zwei Meter hohen Hecken. Aber wenigstens gibt es bei uns deutlich weniger Rassismus als in dem Film, Veranda hin oder her.

Ich parke vor einer Pizzeria.

31

Eigentlich wollte ich Robert ja von meinem Gespräch mit Alex erzählen, doch es scheint, als habe Robert gerade eine Nachricht aus dem Jenseits erhalten oder so. Er ist kreidebleich und blickt düster vor sich hin.

Wir bestellen, dann fragt Immel: »Also, was war das für ein mysteriöser Anruf eben?«

Und Robert erzählt.

Saskia, die Mutter seines Sohnes, hatte einen schweren Autounfall und liegt auf der Intensivstation. Man weiß noch nichts Genaues. Der Anruf kam von einer Mitbewohnerin. Saskia und der mittlerweile 10-jährige Jonas wohnen in einer WG. Saskias Mitbewohner können sich noch höchstens zwei Tage um Jonas kümmern, dann müssen sie wieder arbeiten. Verwandte gibt es wohl keine. Robert ist der Einzige, der infrage kommt.

Als er mit seinem Bericht fertig ist, blickt er uns ernst an.

»Und jetzt?«, fragt er uns gereizt.

Es scheint fast, als schieße das Schicksal aus allen Rohren, damit sich in Roberts Leben etwas ändert. Aber ich glaube, jetzt ist kein guter Zeitpunkt, um ihm von Kathrins Schwangerschaft zu erzählen. Also schweige ich.

»Und jetzt, verdammt?«, fragt er noch einmal. »Immel, du hast doch sonst immer eine Antwort auf alles.«

»Wieso«, schnappt der zurück, »ruf doch deinen Vater an. Der sagt dir doch sonst immer, was du tun sollst.«

»Immel ...«, versuche ich zu beschwichtigen.

»Fuuuck«, schreit Robert Immel ins Gesicht. Dann steht er auf und geht nach draußen.

Die anderen Gäste starren uns an. Das sind wir schon gewohnt.

»Weiteressen!«, sagt Immel laut. »Alles gut.«

Unser Essen ist da und Immel und ich knabbern lustlos an unseren Pizzas herum.

Irgendwann kommt Robert zurück.

»Entschuldige, Immel.«

Immel winkt ab.

»Und wie geht es weiter?«, frage ich. »Fährst du zurück?«

»Nee«, antwortet Robert, »ich komme mit euch. Muss nachdenken.«

Wir fragen die Bedienung nach einer netten Kneipe und sie empfiehlt uns ein Lokal namens *Schwarzbrenner.* Fünf Minuten später betreten wir das rustikal eingerichtete Etablissement. Die Sitzplätze sind alle besetzt. Die meisten Gäste stehen mit Gläsern oder Flaschen in der Hand herum und unterhalten sich. Es läuft laute Rockmusik. *Sweet Child o' Mine.*

Die Frau hinter der Bar lächelt uns an. Die Leute scheinen sehr ausgelassen. Wir bestellen Bier und stellen uns in eine Ecke.

Viele tragen Karohemden, Turnschuhe und Vokuhilas, auch ein paar Schnauzbärte sind darunter. Hier scheint die Zeit stehen geblieben. Dieser Laden wirkt so wie die Kneipen, in denen wir mit 18 unsere Wochenenden verbracht haben.

An einigen Stehtischen wird Karten gespielt oder gekniffelt. Das Rauchverbot scheint hier drin kein Thema zu sein, bemerken Immel und ich erfreut.

»Das alles wirkt irgendwie vertraut, oder?«, sage ich.

»Wie früher«, sagt Robert.

Wir sehen uns um, trinken, grinsen uns an und schütteln die Köpfe, während Foreigner sich beklagen, dass die Angebetete *kalt wie Eis* sei.

Robert scheint heute nicht mehr über sich sprechen zu wollen. Von Kathrins Schwangerschaft erzähle ich ihm morgen, das ist zu viel für einen Tag. Da alle nur seltsam erschöpft in ihr Bier starren, beschließe ich, Roberts Kritik an meinem fehlenden Ehrgeiz von vorhin zu kontern.

»Kennt ihr das Lied *Is That All There Is* von PJ Harvey?«, frage ich.

Robert schüttelt den Kopf.

»Ja«, sagt Immel, »das ist eine Coverversion von Peggy Lee.«

»Stimmt, du Klugscheißer«, erwidere ich, »und beide Songs basieren auf einer Kurzgeschichte von Thomas Mann, wenn wir schon dabei sind.«

»Kommt jetzt noch was?«, fragt Robert. »Oder wie lange wollt ihr euch jetzt noch gegenseitig die Eier schaukeln mit eurem Nerdwissen?«

»Also«, fahre ich fort, »als ich das Lied zum ersten Mal gehört habe, hat mich das wie der Blitz getroffen. Ich wusste plötzlich, dass ich nicht alleine mit meinem Problem bin.«

»Und das wäre?«, fragt Robert.

»Egal, was ich habe oder erlebe, ich frage mich, ob das alles war, oder ob da noch was kommt. Das ging mir als Kind schon so.«

»Ich kenne das«, sagt Immel.

»Ich nicht«, sagt Robert.

»Es geht«, sage ich, »um die Enttäuschung, dass man die Dinge selten so toll finden kann, wie man es gerne würde, dass sie so schnell schal werden. Dass echte und vor allem anhaltende Begeisterung für eine Sache oder auch für einen Menschen so verdammt schwer aufzubringen ist.«

»Have you ever wanted something so badly«, zitiert Immel das Lied *True Happiness This Way Lies* von The The und

steht dabei seltsam nahe vor Robert. »*That it possessed your body and your soul ... until you finally get it and you realise that it wasn't what you wanted after all.*«

Robert blickt Immel irritiert an und tritt einen Schritt zurück.

»In der Werbung sieht man manchmal solche griechischen Großfamilien«, fahre ich fort, »die draußen unter Pinien lange Tische aufgebaut haben, und Alt und Jung sitzen beisammen und essen und trinken, und irgendwann singen alle traditionelle Lieder und der 95-jährige Opa tanzt mit der Enkelin. Dieses Bild spricht mich ungeheuer an. Ich empfinde eine große Sehnsucht danach, so zu leben. Es ist ein Ideal an Gemeinschaft und Lebensfreude. Ich weiß aber auch, dass ich in Wirklichkeit nach spätestens eineinhalb Stunden zappelig werden würde, weil mich die hundertmal erzählten Geschichten langweilen würden. Ich müsste aufstehen und nach einer Beschäftigung suchen. Vermutlich würde ich freiwillig das Geschirr waschen. Alex würde es merken und gestresst sein. Ich würde mich weit weg wünschen, in ein Kino oder auf ein Sofa mit einer guten amerikanischen Pay-TV-Serie, die mich nicht langweilt.«

»Mhm«, macht Robert nachdenklich.

»Und deshalb«, fahre ich fort, »um deine Frage von vorhin zu beantworten, mache ich nie weiter mit etwas, was ich einmal angefangen habe. Außer ich muss.«

»Du hättest unbedingt mal eine Therapie machen sollen«, sagt Robert. »Das hört sich für mich ...«

»Is that all there is to love?«, singt Immel Robert wieder ins Gesicht.

»Und Immel nimmst du gleich mit, der hat nämlich das gleiche Problem.«

»If that's all there is my friends«, singt Immel mit lauter werdender Stimme weiter und ich bin unschlüssig, ob ich dankbar oder genervt sein soll, *»then let's keep dancing. Let's break out the booze and have a ball, if that's all there is.«*

Ein paar Leute am Nebentisch applaudieren Immel, der sich elegant verbeugt.

»Wann hast du eigentlich das letzte Mal etwas zum ersten Mal gemacht?«, fragt er eine stämmige Frau, die ihm am nächsten sitzt.

»Ich habe mir letzte Woche einen Hund zugelegt«, erwidert sie trocken.

Immel prostet ihr grinsend zu.

»Und du, Robert?«

»Wieso ich jetzt? Was hast du denn die ganze Zeit mit mir?«, Roberts Stimme wird zunehmend gereizt.

»Na, ab übermorgen hättest du ja zum Beispiel zum ersten Mal die Möglichkeit, dich mal um jemand anderen als nur um dich selbst zu kümmern. Anstatt dich rauszukaufen, wenn es ernst wird.«

Roberts Gesicht versteinert. Er presst zitternd die Lippen aufeinander. Jetzt ist alles möglich, denke ich.

»Wo kommt ihr denn her?« Die Stimme gehört einem Typen, der neben uns an der Wand lehnt und wohl zugehört hat. Er sieht ein wenig aus wie H. P. Baxxter von Scooter mit längeren Haaren. Schwarzes T-Shirt, eine Nummer zu klein, schwarze Jeans, blondgefärbte, mittels einer vermutlich gallertartigen Substanz nach hinten gekämmte Haare.

»Aus Berlin«, antwortet Immel schnell, bevor es mit Robert noch zum Eklat kommt.

»Und was verschlägt euch hierher?«, fragt er.

»Durchreise«, sagt Immel.

Der Typ geht an die Bar und kommt kurze Zeit später mit vier Bier und vier Kräuterlikören zurück.

»Ihr seid eingeladen. Zum Wohlsein.«

Wir stoßen an und werfen uns ein paar Blicke zu.

Mittlerweile haben sich noch zwei Kumpels von Baxxter hinzugesellt.

»Also, ich bin der Bodo«, stellt Baxxter sich vor.

»Das da ist Ralf.« Er zeigt auf einen ziemlich harmlos und lustig aussehenden Typen mit Pornobalken, Matte und Stretchjeans.

»Und das hier der Grüni.« Grüni ist eher klein von Wuchs und sieht irgendwie bauernschlau aus. Mich stört, dass er ständig zu grinsen scheint, obwohl ich gar nicht sicher bin, ob er das wirklich tut.

»Es scheint, ihr habt ein paar Probleme«, analysiert Baxxter, der in Wirklichkeit Bodo heißt, messerscharf. »Lust auf etwas Ablenkung?«

»Die Zeit der Ablenkung ist vorbei, danke«, sage ich.

»Was denn?«, fragt Robert.

»Frauen und Glücksspiel«, sagt Baxxter und lacht. »Habt ihr Cash am Mann?«

»Wo?«, fragt Robert weiter.

»Robert ...«, sage ich. Immel sieht grinsend von einem zum anderen.

»Nix, lass uns das machen, das machen wir jetzt«, schreit Robert und wirkt wie in einer mittelschweren Manie.

32

Wir fahren in Grünis Golf GTI raus aus der Stadt. Müde lehne ich meinen Kopf gegen die Scheibe. Als wir in einen Feldweg einbiegen, wird mir ein wenig mulmig. Bald fahren wir in einen Wald. Baxxter plappert in einem fort. Irgendwann erreichen wir ein hell erleuchtetes Haus.

»Willkommen im Waldhaus«, sagt Ralf mit dem Pornobalken.

»Keine Sorge, es wird gut für euch gesorgt werden«, lacht Baxxter.

Wir treten ein. Der Fall ist klar. Baxxter und seine beiden Spießgesellen haben uns in ein Bordell gekarrt. Ein Typ kommt auf uns zu und er und Baxxter umarmen sich lässig. In einem Dieter-Wedel-Film würde der Waldhaus-Typ von Claude-Oliver Rudolph gespielt. Er nickt uns knapp zu.

Baxxter und er besprechen etwas. Immel wirkt unschlüssig, Robert hat immer noch seinen starren Blick. Ich will eigentlich nicht hier sein.

»Also, Jungs, es gibt jetzt mehrere Möglichkeiten. Die Frauen sind Spitzenklasse. Ich habe einen Spezialdeal für euch ausgehandelt. Im Keller gibt es Kartenspiele für die Großen. Poker und Black Jack, aber nicht um Centbeträge, *comprende?* Ihr könnt wählen oder erst das eine, dann das andere. Achtet allerdings auf die Reihenfolge. Wenn ihr aus dem Keller kommt, habt ihr vielleicht kein Geld mehr zum Vögeln.« Baxxter lacht penetrant.

Was passiert hier?, denke ich.

»Mir egal, was ihr macht«, sage ich. »Ich hole mir ein Bier und setze mich draußen auf die Treppe, bis ihr wieder rauskommt.«

»Ach komm«, sagt Robert, »jetzt mach bloß nicht schlapp, Studienrat.«

»Immel, passt du auf den auf?«, frage ich und muss sofort selbst lachen über diese unsinnige Aufforderung.

»Ich geh vögeln und du Immel?« Was ist bloß mit Robert los? Dreht der jetzt durch?

»Du spinnst ja«, sage ich, bevor Immel antworten kann.

»Wieso? Das machen viele Männer. Wieso nicht ich?«

»Dachtest du mit 18, dass du jemals für Sex bezahlen würdest?«, frage ich ihn. »Was ist mit *No Surrender?*«

Well, we made a promise, we swore we'd always remember, no retreat, baby, no surrender lauten diese tollen Zeilen aus Springsteens *No Surrender,* ein Song, dessen Botschaft sich uns schon mit 16 problemlos erschloss. Nicht zu sehr abschlaffen als Erwachsener, nicht die alten Zeiten glorifizieren, weil nichts mehr passiert im Leben, kein zynischer Arsch werden, nicht zu viele Kompromisse leben, nicht zu viele Träume abheften in die Ordner mit den Versicherungsbelegen und Kontoauszügen.

»*No Surrender,* am Arsch«, keift Robert trotzig zurück. »Der Boss hat keine Ahnung.«

Und er folgt Claude-Oliver durch einen samtroten Vorhang.

Immel geht mit Baxxter in den Keller.

Ich hole mir ein überteuertes Bier und setze mich draußen auf die Holztreppe.

Was für ein Wahnsinn, denke ich. Gut, soll Robert sich noch einmal austoben. Ab morgen wird sowieso alles anders sein.

33

Ich starre in den dunklen Wald und aus irgendeinem Grund kommt mir Bruce Springsteens *Long Time Coming* in den Sinn. Darin denkt der Erzähler darüber nach, wie beschwerlich der Weg ins Hier und Jetzt für ihn war und wie froh er ist, hier gelandet zu sein. Seinen Vater hat er kaum gekannt: *When I was a kid, he was just somebody I'd see around.* Dann denkt er an seine eigenen Kinder und formuliert einen Wunsch an sie, der mir immer die Tränen in die Augen treibt: *If I had one wish for you in this godforsaken world, it'd be that your mistakes will be your own, that your sins will be your own.*

Eines war mir immer klar gewesen. Ich wollte ein besserer Vater sein als meiner. Dass meine Töchter mir vertrauen konnten, dass sie sich jederzeit geborgen fühlten. Dass sie gerne Besuch mit zu uns nach Hause brachten und ihn nicht wegschicken mussten, wenn ihr Vater von der Arbeit kam.

Bevor Greta auf der Welt war, hatte ich mir keine Sekunde Gedanken darüber gemacht. Ich hatte genug mit mir selbst zu tun. Über die Geburt dachte ich, dass ich da zu Hause Fußball im Radio hören würde – komisch, ich dachte immer, sie käme sicher an einem Samstag zur Welt – und dann würde das Telefon klingeln und ich ins Krankenhaus fahren, wo man mir das Baby gewaschen und eingewickelt überreichen würde.

Natürlich war ich aber dann bei der Geburt dabei (an einem Mittwoch), auch wenn ich mich gerne von dort weggebeamt hätte. Das, was ich da sah und hörte, das wollte ich eigentlich nicht sehen und hören. Ich hätte gerne die Augen verschlossen vor der übermenschlichen Anstrengung, vor dem Blut, vor dem Schweiß, vor dem Anblick des gerade geborenen Kindes. Ich hätte gerne darauf verzichtet, zu hören, wie Alex diese unmenschlichen Schmerzens- und Anstrengungsschreie ausstößt, die ich ihr nicht zugetraut hätte. Aber vielleicht hat das den Unterschied ausgemacht. Vielleicht kann man nicht so ein Vater sein wie meiner, wenn man dabei war.

Andererseits habe ich gerade die Mutter meiner Kinder betrogen. Ist das besser?

Ich weiß gar nicht, ob Alex und ich zusammenpassen. Ob wir ohne Kinder noch zusammen wären? Es ging alles so schnell. Und danach haben wir jahrelang, ohne weiter nachzudenken, gerödelt. Und jetzt bin ich hier. An der sagenumwobenen Kreuzung im Wald. Wie wäre ein Leben ohne Alex? Ich würde ihre Energie vermissen. Ihre Lebenslust. Ihre Schönheit. Seit dem Telefonat eben wird mir das wieder klarer.

Bin ich jetzt tatsächlich in dieser bescheuerten Midlife-Crisis? Interessiere ich mich jetzt wirklich für jüngere Frauen? Früher wollte ich immer die älteren.

Die Begegnung mit Justine hat etwas in mir aufgeweckt. Ein bisher erfolgreich unter der Oberfläche gehaltenes Gefühl versucht nach oben zu gelangen. Ein Gefühl, das daraus entsteht, dass sich das Herz immer gleich jung fühlt, man selbst aber trotzdem immer älter wird.

Also vergleicht man immer den Spielstand mit anderen. Mit 18 steht einem alles offen und man denkt, alles könne passieren, alles ist möglich. Und dann vergehen die Jahre und plötzlich gibt es Fußballstars, die jünger sind als man selbst, oder Schulkameraden, die doppelt so viel verdienen und Häuser gebaut haben. Und dann auf einmal beenden diese jüngeren Fußballer, die eigentlich zehn Jahre älter aussehen als man selbst, ihre Karrieren und werden Manager oder Trainer. Und man hat ständig das Gefühl, die Zeit läuft ab, ohne dass man sie genutzt hat.

Andererseits – ist das Leben nicht tatsächlich das, was passiert, während man Pläne schmiedet, was man als nächstes Tolles machen möchte?

Plötzlich steht ein Hund vor mir. Seine Zunge hängt heraus und er schaut mich an.

»Einstein!«, sage ich und erschrecke.

Einstein ist tot. Aber der hier sieht genauso aus, wie ich unseren früheren Hund in Erinnerung habe.

Er war sozusagen mein Rivale um die Liebe meines Vaters. Ein Kampf, den ich nie gewinnen konnte. Nicht einmal nach Einsteins Tod. Zumal mein Vater mir die Schuld daran gab.

Meine Mutter war im Haus gewesen. Mein Vater fummelte an irgendwelchen Maschinen im Schuppen herum. Vielleicht hat er mir noch gesagt, dass er Einstein bei mir lässt und ich nach ihm schauen soll, vielleicht nicht, ich weiß es nicht mehr. Ich spielte Fußball in unserem Hof. Völlig versunken in ein imaginäres Europapokalspiel. Ich spielte gerne meine eigenen Pokal- oder Bundesligapaarungen aus, die ich nebenher mit Sportreporterstimme kommentierte. Danach trug ich die Ergebnisse in Tabellen auf großen Computerpapierbögen ein, die ich kistenweise von meinem Onkel bekommen hatte. Ich weiß nicht mehr, wie lange ich in meine eigene Welt abgetaucht war. Einstein war jedenfalls verschwunden. Ein paar Stunden später kam ein Jäger mit dem toten Hund zu uns.

Er war einer läufigen Hündin nachgerannt. Mein Vater hatte ihn natürlich nicht kastrieren lassen. Selbst wenn ich aufgepasst hätte, ich hätte ihn wahrscheinlich nicht halten können. Er war dann im Wald Amok gelaufen, woraufhin der Jäger ihn erschießen musste. Und der Schuldige war schnell gefunden. Ich war zwölf Jahre alt.

»Na du? Bist du zurückgekommen?«, frage ich ihn. »Warum?«

Er wedelt mit dem Schwanz, läuft ein paar Meter Richtung Wald, bleibt stehen und dreht sich um. Läuft wieder ein Stück. Kommt zurück. Er scheint irgendetwas zu wollen. Bloß was?

Ich stehe auf und folge ihm ein Stück. Er läuft vor, bleibt immer wieder stehen, um zu sehen, ob ich noch da bin.

Also gut, denke ich. Dann laufe ich jetzt einem toten Hund hinterher. Darauf kommt es jetzt auch nicht mehr an. Frau Bold hätte sicher ihre wahre Freude.

Ich drehe mich um zum Waldhaus und sehe gerade noch ein paar Lichter durch die Bäume schimmern. Dann ist es dunkel. Ich höre nur Einsteins Hecheln und das Geraschel seiner Schritte auf dem Waldboden.

Wir laufen eine Weile. Ab und zu streift er meine Beine, dann ist er wieder vor mir. Ich stolpere ihm nach. Stoße gegen Bäume und Äste, bleibe mit meinem T-Shirt und meinen Armen an Dornen hängen.

Irgendwann kommen wir auf eine Lichtung. Da steht ein schummerig beleuchtetes Haus.

Aus verschiedenen Winkeln ertönen Tiergeräusche. Hunde bellen. Ein Pferd schnaubt. Vögel kreischen. Um das Haus herum herrscht fürchterliches Chaos. Alte Autos und anderer Metallschrott. Berge von Holzbrettern. Plastikplanen. Rechts neben dem Haus eine Art Zwinger. Auf der anderen

Seite ein heruntergekommener Bauwagen. Einstein läuft zum Haus und geht durch die geöffnete Tür hinein. Im Türrahmen dreht er sich noch einmal zu mir um, ob ich auch ja komme.

Langsam nähere ich mich dem Eingang.

»Hallo?«, rufe ich eher leise als laut.

Ich betrete das Haus. Mehrere Hunde bellen, Ketten rasseln. Eine Katze rennt an mir vorbei nach draußen.

Ich gehe durch einen Gang und folge Einstein in ein Zimmer.

»Hallo, Fremder«, kreischt mir eine Stimme ins Ohr. Ich erschrecke mich zu Tode. Neben der Tür sitzt ein Papagei auf einem Kachelofen und pickt an etwas herum, das aussieht wie eine tote Maus. Fressen Papageien Mäuse?

Es riecht nicht gut. Muffig, nach Kohl und anderen Dingen, die ich nicht bestimmen kann.

»Da bist du ja! Komm herein.«

Der Mann, der das sagt, sitzt an einem runden Tisch. Er trägt einen Schlapphut. Sein Alter ist schwer zu schätzen. Er hat junge, helle Augen und ein faltiges Gesicht. Das Zimmer ist absurd unaufgeräumt. Auf fast allen Sitzgelegenheiten befinden sich Zeitschriftenstapel, Kisten, ausgestopfte Tiere, Einmachgläser. Ebenso auf den zwei Regalen und dem Boden.

Rechts vom Tisch schließt eine Küchenzeile an. Dort steht eine alte, dicke Frau im BH. Sie rührt abwechselnd in zwei Töpfen, aus denen dicker Dampf quillt.

Sie beachtet mich nicht.

Ich stehe unschlüssig im Türrahmen. Was geht hier vor sich?

Einstein ist verschwunden.

»Was willst du?«, fragt der Mann mit einem leichten osteuropäischen Akzent.

»Ich ... äh ...«

Gute Frage, denke ich. Was will ich hier?

»Der Hund ...«, sage ich hilflos.

»Nein, ich meine, was willst du?«

Ich weiß nicht, was ich sagen soll.

Der Mann greift blitzschnell hinter sich und holt eine Flasche ohne Etikett hervor. Auf dem Tisch stehen Gläser, von denen er zwei mit einer klaren Flüssigkeit füllt.

Wasser wird es wohl nicht sein. Er schiebt mir ein Glas hin und nimmt das andere. Er nickt mir zu.

Ich nehme das Glas, rieche kurz daran und setze es vorsichtig an meine Lippen.

»Trink!«, befiehlt er.

Ich nehme einen kleinen Schluck. Sofort werden meine Lippen taub und mein Rachen brennt.

»Trink!«, sagt er noch mal.

Er trinkt das Glas mit einem Schluck aus und ich tue es ihm nach. Unverzüglich füllen sich meine Augen mit Tränen und ich muss husten. Meine Nase läuft. Kurz stelle ich mir ein Leben ohne Augenlicht vor.

»Was willst du?«, fragt er wieder und langsam geht er mir mit dieser Frage auf die Nerven.

Die Frau rührt immer noch in ihren Töpfen. Ich sehe, dass sich in einem Topf Wäsche befindet. Dem anderen entströmt Essensgeruch.

»Du musst mehr Eier essen«, sagt der Mann jetzt. »Und Fleisch. Jeden Tag Fleisch. Morgens, mittags, abends. Verstehst du?«

Ich sehe davon ab, ihn in eine Diskussion über dieses Thema zu verwickeln.

Plötzlich lacht er meckernd und entblößt dabei eine Reihe Goldzähne. Mit einer unwirschen Handbewegung fordert er mich auf, ihm mein Glas zu geben. Ich komme seinem Wusch nach und er füllt erneut beide Gläser.

»Wovor hast du Angst?«, fragt er jetzt.

Aha, denke ich. Philosophie am Abend mit Herrn und Frau Waldschrat.

»Also –«, beginne ich, doch er unterbricht mich.

»Nein, nein, nein. Ich meine, wovor hast *du* Angst?«

Ich schüttle den Kopf.

Er fordert mich auf zu trinken. Ich zögere. Er steht auf, kommt um den Tisch herum und stellt sich vor mich hin. Er ist einen Kopf kleiner als ich. Er blickt zu mir hoch, das Glas etwa auf Brusthöhe.

»Bist du der, der du sein wolltest, als du ein junger Mann warst, hm?«

Er leert sein Glas.

»Trink, Junge!«

Ich trinke mein Glas aus. Wieder Tränen und Rotz.

Die Frau dreht sich um. Sie kommt mit einem Schöpflöffel auf uns zu. Sie hält ihm den Löffel, auf dem sich ein Stück Fleisch und etwas Gemüse und Sud befinden, vor die Nase. Er riecht daran und nickt zufrieden.

»Wir essen. Du gehst jetzt!«, sagt er.

Diese Wendung überrascht mich jetzt doch. Aber ich bin froh hier rauszukommen und nichts mehr trinken zu müssen. Er winkt mich hinaus.

»Tschüss«, sage ich. »Und danke für den ...«

»Jaja, und du kannst nichts dafür«, unterbricht er mich. Ich erstarre.

»Was?«

»Na ja, du kannst nichts dafür.« Er macht eine beschwichtigende Geste mit der Hand. »Du warst jung. Dinge passieren. Leben ist hart.«

Ich schüttle den Kopf und gehe. Erst langsam, dann immer schneller, verlasse ich das Haus. Das Gebell der Hunde begleitet mich auf meinem Weg zurück durch den Wald.

34

Vor dem Waldhaus stehen Männer, die aufeinander einschreien.

Ich brauche eine Weile, bis ich die Details einordnen kann, so bizarr ist das, was ich sehe. Robert liegt am Boden und hält sich das Gesicht. Blut tropft durch seine Finger. Baxxter und seine Schergen stehen neben ihm.

Claude-Oliver hält Immel im Schwitzkasten. Immel versucht sich zu befreien und sieht dabei aus wie ein kopfloses Huhn.

Irgendwie sieht er mich kommen.

»Paul, komm schnell!«, ruft er in meine Richtung und dann noch, »das ist der Mann, der das Problem lösen wird. Jetzt lass mich doch mal los, du Penner.« Das sagt er zu

Claude-Oliver, der ihn tatsächlich loslässt, worauf Immel erschöpft zu Boden geht.

Claude-Oliver hilft ihm hoch.

»Sag du es ihm!«, fordert er Immel auf. Der wankt auf mich zu.

»Paul, ich habe Scheiße gebaut. Ich habe alles Geld verloren, was ich hatte, und war sicher, ich gewinne irgendwann – und dann habe ich unser Auto gesetzt.«

Ich muss lachen, so absurd ist das.

»Du hast was?«

»Na ja, unser Auto halt.«

»Das Auto gehört der Versicherung, Immel.«

Plötzlich hören wir einen unmenschlichen Schrei und ehe wir verstehen, was geschieht, liegt Robert, der sich gerade auf Claude-Oliver stürzen wollte, schon wieder am Boden und hält sich jetzt das rechte Ohr.

»Fuck, Paul, das hab ich ganz vergessen«, jammert Immel.

Robert stöhnt unter uns.

»Hören Sie!«, versuche ich Claude-Oliver über die neuesten Entwicklungen zu informieren.

»Ich *hab* es gehört. Mir doch egal, wem das Auto gehört hat. Jetzt gehört es uns.«

Er wedelt mit einem Zettel vor meinen Gesicht rum.

»Hier steht es schwarz auf weiß.«

Ich bin wie gelähmt.

»Tja, Leute«, resümiert Claude-Oliver. »Pech im Spiel. Also, wie geht es jetzt weiter? Wo steht das Fahrzeug?«

»In der nächsten Ortschaft, wie immer sie heißen mag«, sage ich.

»Also, eingestiegen alle Mann, nichts wie hin.«

Robert, der offenbar nicht mehr selbstständig laufen kann, wird von Baxxters Gehilfen gestützt. Er scheint immer noch zu bluten.

»Seid ihr sicher, dass der keinen Arzt braucht?«, frage ich besorgt.

»Wir verabscheuen Gewalt«, sagt Claude-Oliver. »Wir würden nie jemandem wirklich wehtun. Aber vielleicht hat euer Kumpel Bluthochdruck.«

Er wendet sich an Robert.

»Hast du Bluthochdruck, sag mal?«

»Und wenn, wäre es ja kein Wunder«, nuschelt Robert hinter seiner vorgehaltenen Hand.

Immel kommt und legt mir die Hand auf die Schulter.

»Paul, sorry, wirklich ...«

»Los jetzt, ihr Arschgesichter, rein in den Wagen«, kommandiert Baxxter. Wir fahren los.

Ich frage mich, ob die uns ausgecheckt haben und das alles Vorsatz war oder nur Zufall. Ich befürchte Ersteres. Wir sind wirklich coole Säue aus der Großstadt, da kann man nichts sagen, lassen uns von den Landeiern ausnehmen.

Vor der Pizzeria übergeben wir Claude-Oliver Schlüssel und Papiere. Robert hat sich mitten auf die Straße gelegt und blickt in den Himmel.

»Firma dankt«, verabschiedet sich Claude-Oliver eloquent, nicht ohne uns noch eine Packung Taschentücher für Robert zu überreichen.

Immel und ich holen unsere Habseligkeiten aus dem Auto und zwei Minuten später sehen wir es in einer milden, bayrischen Nacht verschwinden.

»Und jetzt?«, frage ich.

Wir stellen uns auf eine Wiese neben der Pizzeria und pinkeln. Robert kommt uns hinterhergewankt. Trotz der unerfreulichen Ereignisse, dem Verlust des Autos, der Gewissheit, dass wir heute Nacht draußen schlafen müssen, und Roberts schmerzerfülltem Stöhnen ist es ein wunderschöner Moment. Drei Freunde, die während oder am Ende einer durchzechten Nacht im Freien den Mond anpinkeln und über den Sinn des Lebens philosophieren oder einfach nur wohlige Grunzlaute ausstoßen, was etwa aufs Gleiche herauskommt. Wieso hat sich nie ein Dichter gefunden, der diesen Moment besungen hätte?

»Sorry, Paul«, sagt Immel.

»Schon gut, Immel, mein Freund.«

»Und du, Robert?«, fragt Immel.

»Ich glaube, es geht«, antwortet der. »Aber ihr könnt mich gerne hier zurücklassen, ohne mich schafft ihr es vielleicht.«

»Ein *Marine* lässt niemanden zurück«, sagt Immel.

Wir laufen ziellos durch die Ortschaft. Roberts Nase hat aufgehört zu bluten. Niemand spricht. Wir kommen an eine unbebaute Fläche, auf der wir schemenhaft einige Tiere, wahrscheinlich Kühe oder Pferde, erkennen. Auf der Wiese steht ein großer Landwirtschaftsanhänger. Er ist leer. Wir schmeißen unsere Taschen hoch, breiten unsere Klamotten unter und über uns aus.

»Ich dachte, ich gewinne noch«, sagt Immel, wie zu sich selbst. »Ich war total überzeugt.«

»Alles gut, Immel«, sage ich.

Und nach einer Weile frage ich: »Und du, Robert, wie wars im Puff?«

»Hör bloß auf, das waren die teuersten fünf Minuten meines Lebens.«

Wir schnauben matt.

»Wo kamst du eigentlich her, Paul?«, fragt Immel.

»Nirgends, war spazieren.«

»Soso«, Immel bekommt den Mund kaum noch auf beim Sprechen.

Eine Minute später sind wir unter einem klaren Sternenhimmel eingeschlafen.

35

Der Singsang der Vögel weckt mich. Ich spüre, dass es viel zu früh ist, trotzdem bin ich sofort hellwach. Ich liege auf dem Rücken und schaue in einen blauen Himmel.

Ich weiß nicht, ob ich davon geträumt habe, oder wo das plötzlich herkommt, aber ich habe eine Idee. Eine Idee für eine Geschichte. Charaktere, Schauplätze und Handlungsstränge entfalten sich vor meinen Augen.

Ich denke an diese seltsame Begebenheit im Wald letzte Nacht. *Was willst du? Wovor hast du Angst?*

Ich weiß, was ich nicht will. Ich will nicht mehr in einem Beruf arbeiten, der mir keinen Spaß macht. Nur für Geld, das wir eigentlich gar nicht mehr so nötig brauchen, angesichts von Alex' Erfolg in letzter Zeit.

Ich bin wie elektrisiert. Ich würde am liebsten sofort anfangen zu schreiben. Ein Gefühl, das ich lange nicht mehr hatte. Sehr lange.

Ich krieche zu meiner Tasche, suche einen Stift und Papier und beginne, mir Notizen zu machen.

Irgendwann beginnen Immel und Robert sich unruhig hin und her zu schmeißen. Es ist der Moment, wenn man im Sommer draußen schläft, und das Licht, die Wärme, der Lärm und die Insekten einen viel zu früh aus dem Schlaf ziehen, und der Schlaf sich noch minutenlang wehrt und den Kampf schließlich verliert. Sie blinzeln mich an.

»Morgen, ihr zwei.«

Ich muss lachen. Darüber, wie sie aussehen. Über Roberts geschwollene Nase. Darüber, wo wir gerade sind. Und, dass wir kein Auto mehr haben und über diese ganze surreale Fahrt.

Wir sitzen vor einer Bäckerei auf umgedrehten Getränkekisten, die wir von zwei amüsierten Backwarenverkäuferinnen geliehen haben, trinken Kaffee und essen Croissants. Ich denke daran, dass ich gleich Frau Bold anrufen muss. Ich denke an meinen Vater und spüre einen Stich in der Magengegend. Und ich denke daran, dass ich gleich ein ernstes Wort mit Robert reden muss. Meine gute Laune sinkt rapide.

»Hach«, beginnt Immel, »ich hatte vorhin einen wunderschönen Traum mit Audrey Hepburn. Und wenn ich mich hier gerade so umsehe, muss ich sagen, die Realität ernüchtert mich wie so oft.«

»Sorry, Immel, das tut uns leid«, murmelt Robert kauend.

»Also, Jungs, die schönsten Filmfrauen aller Zeiten?« Immel ist unglaublich. Nach dieser Nacht fällt ihm nichts anderes ein als diese Frage.

»Klarer Fall, da muss ich überhaupt nicht nachdenken«, nuschelt Robert. »Michelle Pfeiffer in *Die fabelhaften Baker Boys.*«

»Und du, Paul?«

Ich sage nichts. Das ist mir jetzt langsam zu blöd.

»Paul?«

Ich reagiere nicht.

»Bei mir«, fährt Immel ungerührt fort, »scheint der Fall ja eigentlich klar, könnte man meinen. Aber Audrey bekommt doch immer mal Konkurrenz. In der Regel durch Grace Kelly in *Die oberen Zehntausend* und Vivien Leigh in *Psycho.* Und natürlich Lucy Liu. Nicht, dass wir die noch ...«

»Grace Kelly passt überhaupt nicht zu dir«, sagt Robert. »Die ist so aufgeräumt und sauber.«

»Ich bin halt ein vielschichtiger Charakter«, entgegnet Immel.

Und dass Robert nichts anderes einfällt, als auf diesen Pubertätsquatsch einzusteigen, geht mir gerade auch dermaßen gegen den Strich.

»Jetzt hört mir mal zu«, bricht es aus mir heraus, »vor allem du, Immel. Das ist doch alles Scheiße, diese ewigen

Nick-Hornby-Listen. Ewig in eine Parallelwelt zu flüchten, das ist genau das Problem. Hauptsache man muss sich nicht mit sich selber beschäftigen. Bei anderen bist du so ein scharfer Beobachter, aber wenn es um dich selber geht, dann kommt nichts.«

Immel starrt mich an.

»Hast du deine Tage, oder was?«

»Und du, Robert«, mache ich ungerührt weiter. »Du hast doch gestern wirklich einen deutlichen Wink des Schicksals bekommen und dir fällt nichts Besseres ein, als in ein verficktes Bordell zu gehen?«

Ich sehe, wie Immel kurz den Impuls verspürt, meine Ausdrucksweise zu kommentieren, aber ich blicke ihn streng an und er lässt es sein.

»Und Robert, das ist noch nicht alles.«

Robert sitzt da wie ein kleiner Junge, der von seinem Vater zusammengestaucht wird.

Und ich erzähle ihm, was ich gestern von Alex erfahren habe. Dass Kathrin schwanger ist und nicht weiß, von wem.

»Das sage ich doch die ganze Zeit«, mischt sich Immel wieder ein. »Wann genau wolltest du Kathrin eigentlich mal sagen, dass du gar keine Kinder, sondern nur Karriere machen willst?«

Robert kaut mechanisch auf seinem Baguette herum und blickt starr auf den Boden.

»Habt ihr euch eigentlich mal ausgesprochen über dieses Thema?«, versuche ich es einfühlsamer.

»Und jetzt hat sie halt auf ihre Art reagiert«, ergänzt Immel in der ihm eigenen Art, »bevor sie verbittert und unbefruchtet verwelkt. Das kann man ja irgendwo verstehen, oder?«

Robert hört auf zu kauen. Er blickt von mir zu Immel und wieder zurück. Dann steht er auf und beginnt zu lachen. Es ist ein seltsames Lachen. Das Lachen eines Irren.

Als er wieder sitzt und immer noch ungläubig den Kopf schüttelt, sagt Immel: »Tja, Robert, jetzt kommst du langsam nicht mehr drumherum. Jetzt ist Zahltag.«

Roberts Gesicht erstarrt. Er nimmt die Kaffeetasse und wirft sie auf den Gehweg neben sich.

»Jetzt reicht es mir, du Arsch. Ich lass mir doch nicht von der *Verweigerung persönlich* ständig unter die Nase reiben, dass ich ein egoistischer, karrieregeiler Feigling bin. Was ist denn mit *dir?*«

»Wie, was ist mit mir? Findest du mich auch karrieregeil, oder was?« Immel ist auch aufgesprungen. »Das ist ja interessant!«

»Quatsch! *Du* entziehst dich seit jeher jeder Verantwortung und schiebst dauernd deinen verlogenen Vater als Entschuldigung vor. So sieht es aus.«

Immel und Robert stehen sich gegenüber und schauen sich wütend in die Augen. Beide atmen schwer. Niemand bewegt sich. Wie ein Duell in einem Film von Sergio Leone.

Es ist Robert, der plötzlich in sich zusammensackt und die Spannung auflöst.

»Wisst ihr, wovor ich Angst habe?«

Diese Wendung überrascht mich. Immel scheint es ebenso zu gehen. Wir blicken Robert gespannt an.

»Ich habe Angst, bei einer OP einen Fehler zu machen und jemand stirbt oder hat einen irreparablen Schaden«, sagt Robert.

Ich nicke zögernd. Robert starrt auf seine Hände.

»Ich habe euch das nie erzählt«, fährt er fort, »und eigentlich auch sonst niemandem. Nicht einmal Kathrin. Jedenfalls war ich erst ein paar Wochen an der Charité, da wurde abends ein Motorradfahrer eingeliefert. Ein paar Knochenbrüche, Rippen – nichts Besonderes. Wir haben operiert. Alles ganz normal. Nachts ist plötzlich sein Blutdruck runter. Richtig viel, sodass es bedrohlich wurde. Ich dachte, das kommt von der OP oder der Narkose und habe gewartet.«

Robert vermeidet, uns anzusehen, während er redet. Immel und ich wechseln hin und wieder einen Blick.

»Dann ist er ohnmächtig geworden. Irgendwann habe ich meinen Chef, Dr. Pressler, angepiepst. Der kam und hat gleich erkannt, was los war. Der Typ hatte einen Leberriss und wäre fast innerlich verblutet. Fünf Minuten später und es wäre vorbei gewesen. Ich habe viel zu lange gewartet. Das lernt man im Studium, dass es so etwas geben kann, aber ich bin einfach nicht darauf gekommen. Mir hat niemand einen Vorwurf gemacht, aber ich bin fast wahnsinnig geworden, konnte nächtelang nicht schlafen. Ich habe heute manchmal noch Albträume deshalb.«

Robert schüttelt den Kopf.

»Da hat mich nichts drauf vorbereitet, nicht mal mein bescheuerter Cum-laude-Abschluss.«

Für einen Moment sagt niemand etwas.

»Und was heißt das jetzt?«, fragt Immel seltsam dämlich.

»Du weißt doch sonst immer alles«, erwidert Robert. »Sag du es mir!«

»Wieso hast du das nie jemandem gesagt?«, frage ich.

»Was weiß ich?«

Eine Weile sagt niemand etwas.

»Dein Problem ist«, sagt Immel, »dass du schon immer so ein Gewinnertyp warst. Schon in der Schule. Du hast immer alles bekommen. Von zu Hause. Ein Elternhaus wie aus einer amerikanischen Vorabendserie aus den Sechzigern. Beim Fußball. Dein Studium runtergerissen. Immer Bestnoten. Und du warst dabei nie ein Arsch, immer cool. Sahst gut aus und siehst es heute noch mit deinen grauen Haaren. Das Leben hat dich nicht auf Probleme vorbereitet, weil du nie welche hattest.«

Robert blickt in seinen Becher.

»Mein Vater war ein Gewinnertyp. Weil er noch zu einer Zeit geheiratet hat, in der Frauen damit zufrieden waren, Arztgattinnen zu werden, und keine weiteren Ansprüche hatten. Natürlich lief bei mir immer alles glatt, aber das war auch die einzige Möglichkeit. Scheitern war überhaupt keine Option. Und wenn, glaubt ihr, da wäre jemand gewesen, der mich wieder aufgebaut hätte? Was meint ihr, wie selten mein Alter zu Hause war. Glaubt ihr, ich will so ein Vater werden?«

Robert starrt uns zitternd an.

»Dieser Job«, sagt er langsam, »macht dich fertig. Der Druck ist absurd. Das hält man nicht lange aus. Am besten fühle ich mich, wenn ich so übernächtigt bin, dass ich nichts mehr denken kann und alles fast egal wird. Ich darf keine Angst haben in diesem Job, versteht ihr? Und in unserer Familie hat man auch keine Angst. Das ist nicht vorgesehen. Und es gibt niemanden, mit dem ich darüber reden kann.«

Robert hat nie verletzlicher und weicher ausgesehen als in diesem Moment. Der strahlende, erfolgreiche Robert Willmer löst sich vor unseren Augen auf. Es ist ein zwiespältiger Anblick. Einerseits entpuppt sich Robert endlich als Normalsterblicher. Als jemand, hinter dessen makelloser Fassade Ängste und zu hohe familiäre Erwartungen ihre Arbeit verrichten. Andererseits fällt hier ein Held vor unseren Augen sehr tief. Wollten wir das alles wirklich so genau wissen?

Ich wende meinen Blick ab und sehe direkt in Immels Gesicht, der mich seltsam anstarrt. Niemand spricht. Ich ziehe meine Augenbrauen hoch.

Robert hat sich hingesetzt und blickt erwartungsvoll zu uns hoch.

»Was?«, ruft Immel und fasst sich an die Nase. »Bin ich jetzt dran, oder wie?«

Ich zucke die Schultern.

»Du kannst dich natürlich gerne wieder mit einem Spruch rausziehen«, antworte ich. »Oder einem Zitat. Vielleicht haben Prefab Sprout etwas zu diesem Thema beigesteuert. Oder du gehst gleich selbst zum Angriff über, damit dir bloß niemand zuvorkommt.«

Immel schnaubt.

Robert springt auf. »Das war ja klar. Ich lass hier die Hosen runter und von dir kommt wieder nichts.«

»Ja, wieso muss denn was von mir kommen?« Immel fährt sich durchs Haar. »Wozu denn überhaupt?« Er blickt zu Boden.

Diesmal lasse ich nicht locker. Diesmal nicht.

»Jetzt sag doch mal, wovor hast *du* Angst?«

Immel steht ein paar Sekunden starr da, dann nimmt er Anlauf und kickt eine Getränkekiste über den Gehweg.

»Ich habe vor gar nichts Angst, Mann«, schreit er plötzlich, sodass Robert und ich zusammenzucken. »Es gibt in meinem Leben nichts und niemanden, weswegen ich Angst haben sollte. So sieht es aus. Noch Fragen? Du, Paul, kannst das jetzt alles mit deinem Vater klären, dann gehst du nach Hause zu deiner Familie und alles ist gut. Und du, Robert, du wirst entweder Chefarzt oder Vater oder am besten beides. Und sie lebten glücklich bis ans Ende ihrer Tage. Alles, was euch bleibt, kann jetzt mal eine Weile warten und dann könnt ihr euch wieder darum kümmern. Alles, was mir bleibt, ist ein Leben als 20-Jähriger, das immer weniger funktioniert.«

»Aber das war doch deine Entscheidung, so zu leben«, erwidere ich.

»Ach was, Entscheidung. Das Bewusstsein ist nichts anderes als eine PR-Aktion unseres Unterbewusstseins, um uns das Gefühl zu geben, wir hätten irgendetwas zu melden. Was weiß ich denn, warum ich so lebe? Das ist halt das Resultat meiner Biografie.«

»Sie heben aber schon den ganzen Müll noch auf, oder?«

Eine der Backwarenverkäuferinnen ist auf die Straße getreten. Wir blicken uns um. Und beginnen zu lachen. Getränkekisten, Essensreste, Scherben. Es sieht aus, als hätte hier ein schwerer Kampf stattgefunden.

36

Ich rufe Frau Bold an. Ich bin nervös, wie vor einer Prüfung. Mein Knie sticht wie verrückt. Hoffentlich ist sie nicht zu streng mit mir.

Eine Frau Meier meldet sich.

»Guten Tag, ist Frau Bold nicht zu sprechen heute?«

»Ist krank, kann *ich* Ihnen helfen?«

Mist, denke ich. Ausgerechnet jetzt ist sie krank. Ich atme tief durch und zähle innerlich bis drei.

»Also, wir haben ja einen Leihwagen, den ihre Versicherung uns freundlicherweise zur Verfügung gestellt hat, weil mein eigenes Auto, für das ich ja auch diesen Schutzbrief hatte, von diesen Skinheads demoliert wurde. Und dieser Leihwagen, also wie soll ich sagen, der ist uns jetzt irgendwie abhandengekommen.«

»Können Sie das noch einmal langsamer wiederholen, bitte«, sagt Frau Meier.

Ich spüre, wie mich meine Geduld und meine letzten Kräfte gleichzeitig verlassen. Wenn bei Asterix der römische Zenturio ob der Unfähigkeit seiner Untergebenen kurz vor der Explosion steht, er es aber gerade noch schafft, seine Wut zu unterdrücken, dann werden seine Worte mit dieser ganz dünnen, zittrigen Schrift dargestellt. Mit so einer Stimme beginne ich jetzt, der guten Frau unsere Situation von Anfang an zu schildern.

»Fein, Herr Großmann, das habe ich soweit, aber wo ist jetzt das Problem?«

Ich versuche, ihr das aktuelle Problem in geschönter Form auseinanderzusetzen. Jean-Claude erwähne ich nicht, ich will ja nicht in einem Zeugenschutzprogramm landen.

Immel eilt mit großen Schritten hinzu.

»Sag ihr, das waren Betrüger, das war ein abgekartetes Spiel, im wahrsten Sinne!«

»Immel, das sage ich ihr sicher nicht!«

»Herr Großmann, haben Sie das Auto verwettet?«

»Frau Bold, sind Sie das?«

»Grüß Gott, Herr Großmann.«

»Ich dachte, Sie sind krank?«

»Kleiner Scherz, ich wollte Sie nur etwas fordern.«

»Frau Bold!«, schreie ich. »Machen Sie das nicht mit mir, ich bin nervlich derzeit etwas angespannt!«

»Das glaube ich.« Sie lacht heiser. »Haben Sie wenigstens die Papiere noch?«

»Äh, nicht ganz. Also, die waren im Auto.«

»Das ist jetzt blöd. Wo sind Sie?«

Ich sage es ihr.

»Herr Großmann, Herr Großmann, was soll ich nur mit Ihnen machen? Bleiben Sie erst mal, wo Sie sind, ich rufe Sie in zehn Minuten wieder an.«

Immel und Robert sind in den Supermarkt um die Ecke und kaufen Getränke.

Genau zehn Minuten, nachdem ich aufgelegt habe, klingelt mein Handy. Es ist Frau Bold.

»Jaja, Herr Großmann, so ein Doppelleben strengt an, gell?«

»Was wissen Sie denn darüber?«, sage ich zu laut. »Äh, also, was soll denn das heißen?«

»Nun, Sie wirken auf mich wie ein Mann, der gerade dabei ist, ein wenig die Orientierung zu verlieren. Drei Versicherungsfälle in fünf Tagen sind einfach deutlich über dem Durchschnitt. Da wird man stutzig als Sachbearbeiterin. Da wird man ganz wuschig, verstehen Sie? Da denkt man, was ist da los? Dem will man dann auf den Grund gehen.«

»Ja, nun ...«, stammle ich.

»Ich sehe das im Moment so: Sie machen hier mit ihren Kumpels so eine Art Selbstverwirklichungstrip, an dessen Ende Sie sich Erleuchtung oder zumindest ein paar Antworten erhoffen. Am besten auch die Versöhnung mit Ihrem Vater. Dabei lassen Sie vermutlich unter Zuhilfenahme von Drogen und mehr oder weniger käuflichen Frauen die Sau raus. Da Sie *Ihrer* Frau davon nicht alles erzählen wollen, führen Sie diese Woche eine Art Doppelleben. Sie sind ja auch schon einigermaßen derangiert, so wie ich das sehe, oder? Wer reißt denn eine Zapfpistole ab, bitteschön? Von den bizarren Umständen, die zum Verlust Ihres Leihwagens geführt haben, gar nicht zu reden.«

Sie schweigt. Ich schweige auch und starre auf den Boden.

»Und jetzt?«, fragt sie.

Ich brauche eine Weile, bis ich meine Sprache wiedergefunden habe.

»Frau Bold, wieso arbeiten Sie eigentlich bei einer Versicherung?«

Sie lacht trocken: »Wir können keine einzelne Seite unseres Lebens herausreißen, aber wir können das ganze Buch ins Feuer zu werfen. Sie wissen schon, Herr Großmann!«

In meinem Gehirn entsteht ein Vakuum. Für einen Moment fühle ich, was die Buddhisten unter Erleuchtung verstehen. Denken, Fühlen, Sein, alles ist Eins. Ich bin die Welt und die Welt ich. Vergangenheit, Gegenwart, Zukunft verbinden sich zu einem einzigen Moment. Ich kenne die Weltformel. Ich habe die Antworten.

»Waren Sie jetzt bei der Polizei?«

Ich erwache aus meinem Zustand. Ich möchte Frau Bold davon berichten, aber ich finde keine Worte. Während ich suche, merke ich, dass ich nicht mehr weiß, worum es eigentlich ging. Die letzten Spuren meiner Erkenntnisse verfliegen. Eine Sekunde später ist alles weg. Ich bin genauso unwissend wie vorher. Ich habe Durst, mein Herz schlägt zu schnell, mein Knie sticht. Jetzt auch noch das andere. Es gelingt mir zu sagen: »Ich habe es versucht, Frau Bold, ich habe es wirklich versucht.«

»Ist ja gut, Herr Großmann. Sie finden Ihren Weg, glauben Sie mir. Sie wissen, was Sie zu tun haben, gell? Jetzt fahren Sie aber erst mal mit dem Zug nach Ansbach. Dort nehmen Sie am Bahnhof ein Taxi zur Firma Auer, wo Sie ein neues Leihfahrzeug übernehmen. Gut?«

»Ja, Frau Bold. Wie soll ich Ihnen danken?«

»Irgendwann, Herr Großmann, werde ich Sie aufsuchen und einen Gefallen von Ihnen einfordern. Und dann werden Sie tun, was ich von Ihnen verlange.«

Das gibt es doch nicht, denke ich.

»Sie haben aber hoffentlich keinen Sohn bei der Mafia«, sage ich, um ihr zu zeigen, dass ich die Anspielung auf *Der Pate* verstanden habe.

Sie lacht heiser.

»Tschüss, Herr Großmann.«

»Tschüss, Frau Bold.«

37

Eine Stunde später sitzen wir im Zug nach Ansbach.

»Also, Immel, erzähl mal.« Meine Mission ist noch lange nicht erfüllt.

»Was ist das mit dieser Frau vom Fernsehen? Thea, richtig?«

»Was soll damit sein?«

»Jetzt erzähl doch mal!«

»Ja, was soll ich sagen? Die ist toll! Außerdem ist sie beim Rundfunk, jetzt merk dir das mal!«

»Aber ihr lebt nicht zusammen?«

»LAT. *Living apart together.* Ich bin immer schon extrem trendy gewesen.«

»Und die ist also älter, wie man hört?«

»Zwölf Jahre.«

»Und?«

»Was und? Super. Ich will nur noch ältere Frauen. Wenn man das mal erlebt hat, will man nichts anderes mehr.«

»Wieso?«, mischt sich Robert endlich ein.

»Die haben halt mehr Erfahrung, die haben alles erlebt und sind einfach cooler als 20-Jährige. Ich will keine Studentin mehr, mit der ich dann über ungerechte Professoren und Semesterarbeiten reden muss. Deren Launen und Existenzängste ich vor den Prüfungen ertragen muss und die mir von ihren Proseminaren und Praktika vorjammert. Die nehmen Dinge wichtig, vielleicht ja sogar zu Recht, über die ich nur noch lachen kann. Das sind Probleme, mit denen ich einfach nichts mehr zu tun haben will. Eine ältere Frau weiß einfach, was sie will und was sie nicht will und eiert nicht mehr so planlos rum.«

»Und was will sie jetzt ausgerechnet von dir?«, frage ich.

»Vermutlich imprägniere ich ihr unheimlich«, sagt Immel.

Wir lachen.

»Ich kann der nichts geben. Die war glücklich verheiratet, die hat Kinder, die hat einen Superjob, Geld, alles. Ich weiß nicht, was sie von mir will.«

»Hast du dir mal überlegt, dass sie dich vielleicht einfach liebt?«, fragt Robert.

Immel sagt eine Weile nichts.

»Das wäre schön«, sagt er dann leise.

Seit ich Zeit habe, darüber nachzudenken, fällt mir auf, wie schwer dieses Leben ist. Wie schmal der Grat ist zwischen Freiheit und Egoismus einerseits und Verantwortung und Kompromissen andererseits. Ich sehe Immel, wie er sich jeder Art von Verpflichtung verweigert und als *Slacker* durchs Leben geht, oder Robert, für den bis vor Kurzem nur Arbeit, Geld und Erfolg zählten, und der jetzt am Scheideweg steht: so weitermachen oder sich seinen Verpflichtungen stellen und damit seine seltsame Familie brüskieren. Schließlich sehe ich Leute wie mich, die eine Familie gründen und nach und nach immer weniger von dem tun, was ihnen mit 17 wichtig war, ihre Interessen unterordnen. Aber vielleicht muss das ja genau so sein, vielleicht ist das die Entscheidung, die man trifft und dann geht man auf in etwas, das größer und wichtiger ist als man selbst. Oder man bekommt Kinder, um ein Alibi dafür zu haben, dass man eh schon immer ein langweiliger Sack war und jetzt muss man nicht einmal mehr ein schlechtes Gewissen haben, dass man den Arsch nicht hochbekommt. Oder es gibt für mich noch eine dritte Möglichkeit.

»Wisst ihr, was ich machen möchte?«, frage ich.

Immel und Robert blicken mich an.

»Ich hatte heute Morgen eine Idee für eine Geschichte. Eine Saga. Mehrere Handlungsstränge. Eine vertrackte, fantastische Geschichte. Ich werde die schreiben. Weniger arbeiten, vielleicht eine Weile ganz aussetzen. Und diesen Fantasy-Roman schreiben.«

»Ja, endlich«, sagt Immel ohne zu zögern. »Das wurde aber auch Zeit, verdammt.«

»Kriegt ihr das finanziell hin?«, fragt Robert und ich habe das Gefühl, die beiden hätten schon vor mir gewusst, dass diese Entscheidung irgendwann fallen würde.

»Mal sehen. Das muss ich mit Alex besprechen. Aber das wird schon irgendwie gehen.«

»Und, Immel?«, sage ich. »Ich will, dass du ihn illustrierst.«

Immel sieht mich überrascht an.

»Echt?«

»Ja, klar. Wieso nicht?«

»Wieso nicht?«, sagt er ungläubig. »Weil du mich noch nie gefragt hast. Ich hatte schon damals Ideen für deine Geschichten. Weißt du noch, diese Weltuntergangsstory, für die du den Preis bekommen hast? Dafür hatte ich schon mehrere Zeichnungen fertig. Ich habe immer gehofft, du fragst mich. Aber als nichts kam, habe ich sie weggeworfen.«

Ich bin völlig verblüfft.

»Das gibt es doch nicht. Da wäre ich *nie* drauf gekommen. Ich dachte immer, du findest das doof.«

»Verrückt. Ich habe dir gleich gesagt, dass die Geschichte rockt.«

»Das kam bei mir nicht an.«

Wir schütteln unsere Köpfe.

»Klar, mache ich das, auf jeden Fall«, sagt Immel dann.

»Oder wir machen gleich eine Graphic Novel«, schließe ich an.

Robert hat uns erst grinsend zugehört, aber seine Miene hat sich zusehends verdüstert und er blickt nun ernst zum Fenster hinaus.

Immel und ich sehen uns an und runzeln unsere Stirnen.

»Du musst ihr sagen und vor allem zeigen, dass du sie liebst«, sagt Robert mit tonloser Stimme, ohne uns anzuschauen.

»Was?«, sagt Immel.

»Ja. Und *Zeigen* ist wichtiger als *Sagen.* An ihren Taten sollt ihr sie erkennen.«

Er blickt Immel ernst an.

»Okay«, erwidert Immel.

»Und zweitens«, macht Robert weiter, »versprichst du uns hiermit, dass du das mit dem Weisbrod diesmal nicht aus Blödheit verkackst. Dass du zumindest über Kompromisse *nachdenkst,* wenn nötig. Und erreichbar und verlässlich bist und zurückrufst und ihn nicht hängen lässt.«

»Ja«, erwidert Immel mit einer Mischung aus Verwirrung und Rührung. »Das mache ich so. Versprochen.«

Er denkt kurz nach. »Und du, Robert, sorgst zusammen mit mir dafür, dass Paul diesen Roman schreibt, abgemacht?«

Sie geben sich die Hand.

»No Surrender«, sagt Immel.

»No Surrender«, sage ich und blicke Robert an.

»Jaja«, sagt der, indem er unseren Blicken ausweicht.

38

In Ansbach übernehmen wir ein neues, japanisches Fahrzeug in der Nähe des Bahnhofs und kurze Zeit später sind wir unterwegs – unserer letzten Etappe entgegen.

Ich will jetzt auf direktem Weg zu meinen Eltern und alles hinter mich bringen, was mich dort erwartet. Was immer es ist.

Heute eher keinen Rock 'n' Roll mehr. Ich habe eine MD eingelegt mit *chilliger* Musik, wie meine Schüler das nennen würden.

Wilco beginnen mit *Sky Blue Sky*. Wir fahren in einen wunderschönen Abend in Richtung Westen an einer Pferdekoppel vorbei. Ich denke an John Wayne und muss grinsen, weil mir einfällt, dass der ja anscheinend in Wirklichkeit Angst vor Pferden hatte. Robert hat die Augen geschlossen. Immel räkelt sich auf der Rückbank und blickt gedankenversunken nach oben.

Bon Ivers *Flume*, dann *Before the Dawn*, ein sträflich unterschätztes Lied von Judas Priest. Und gleich *Changes* von Black Sabbath hinterher.

Ich fühle mich großartig. Mein Entschluss macht mich high.

Fürs kommende Schuljahr wird es nicht reichen, einfach zu reduzieren oder ganz auszusetzen, aber für das danach auf jeden Fall. Oder ich bin knallhart und zieh die Reißleine, lass mich krankschreiben. Aber dazu bin ich wohl zu pflichtbewusst. Ich muss das alles noch ein paar Tage sacken lassen. Mal sehen, wie es sich dann anfühlt. Was Alex wohl dazu sagen wird? Ich weiß es nicht. Erst überrascht, dann: *Wie stellst du dir das vor?*, dann, wenn ich hartnäckig bleibe, irgendwann: *Wenn du das machen musst, dann mach es, das werden wir auch hinbekommen, wie alles davor auch.* So vielleicht.

Das Titellied von *Twin Peaks* läuft.

Jetzt also zu meinen Eltern. Fünf Tage für knapp 800 Kilometer. Da will jemand nicht ankommen, könnte man meinen und hätte gar nicht mal unrecht damit. Mein letzter Besuch liegt sicher mehr als zwei Jahre zurück.

Meine Eltern haben uns in den 20 Jahren, die ich jetzt in Berlin lebe, kein einziges Mal besucht. Meine Mutter hätte wohl öfter gewollt, aber mein Vater natürlich nicht. Zu weit, zu gefährlich. Es könnte ja zu plötzlichen Wettereinbrüchen oder gar Blitzeis auf der Autobahn kommen.

Alles, was er nicht planen und kontrollieren kann, war für meinen Vater schon immer eine Zumutung. Sein Sohn, zum Beispiel. Oder das Leben selbst. Und so hat er dann seine Umwelt auch behandelt. Als würde sie ihm das Leben schwerer machen als nötig. Nach dem Motto: Gesellschaft ist toll, wenn nur die Leute nicht wären.

Wenn ich nach Hause komme, friere ich immer, weil er irgendwann beschlossen hat, dass die Zimmertemperatur tagsüber im Wohnzimmer nicht mehr als 17 Grad Celsius betragen darf. Wenn er den Raum betritt, kontrolliert er immer erst den Thermostat und reguliert gegebenenfalls. Immer nach unten. Kälter darf es sein. Meine Mutter hat es aufgegeben, das anzusprechen, wie sie ihren Mann überhaupt still und geduldig seit so vielen Jahren erträgt.

Faith No More singen *Just a Man*. Was für ein irres Lied. Und auch so ein passender Titel.

Mein Vater arbeitete in einem Betrieb, der Landmaschinen herstellte, war ein hervorragender Handwerker, präzise, ja sogar kreativ. Am Wochenende baute er Apfelpressen oder Geräte zum Trocknen von Obst. Obst, das von den unzähligen kleinen Landflächen und Rebbergen kam, die wir rund um unser Heimatdorf besaßen und für die ich mich nie interessiert habe.

Der ganze Keller war voll mit diesen Maschinen. Er hatte eine Werkstatt, die immer aussah wie in einem Baumarktprospekt. Jeder Schraubenschlüssel hatte seinen Platz. Man fand dort jede erdenkliche Schraubenart in jeder Größe und Werkzeuge aller Art. Kein anderer Raum im Haus hat ihn öfter beherbergt als die Werkstatt, ich glaube, nicht einmal das Schlafzimmer.

Ich war nicht oft in diesem Raum. Die Werkstatt und ich, wir hatten uns nichts zu sagen. Wir waren Rivalen. Rivalen um seine Aufmerksamkeit, seine Zeit. Noch ein Kampf, bei dem ich ohne jede Chance war.

Out of Time von Blur läuft.

Mein Vater hätte sich wahrscheinlich einen Sohn gewünscht, der sich für Autos und Maschinen interessiert und ein guter Handwerker ist. Und zwar von Natur aus, ohne dass man es ihm beigebracht hätte. Mein Vater hat die Einstellung, auch bei sich im Betrieb, dass man guten Lehrlingen kaum etwas erklären muss. Die lernen durch Beobachten, der Rest geht durch gesunden Menschenverstand. Nun ja, bei mir nicht.

Meine Mutter wird darüber lamentieren, dass ich so selten komme, viel zu dünn bin und zu viel arbeite. Sie hat gekocht. Mein Vater schraubt etwas im Schuppen, vielleicht repariert er den Rasenmäher. Es riecht nach frisch gemähtem Gras.

Kindheitsbilder ziehen an mir vorbei: Fußballspielen hinter dem Haus. Angeschrien werden wegen irgendetwas, was man nicht richtig macht. Der Tag, an dem Einstein starb. Seifenkistenrennen die Dorfstraße herunter. Schlitten fahren am Hang hinter dem Garten. Fahrradstürze. Mutproben. Bandengründungen. Der Geschmack von

Brauseschaum im Mund. Die Freude über die ersten Kirschen. Das leere, irgendwie auch warme Einsamkeitsgefühl nach erfolgter väterlicher Demütigung. Fußballspiele gegen Nachbardörfer. Verschossene Elfmeter. Meine Fußballtabellen auf Computerpapier.

»Was meinst du, worum es dabei gehen könnte?«, fragt Immel plötzlich.

Ich sehe ihn fragend an.

»Na, mit deinem Vater? Was soll das?«

»Ich habe keinen Schimmer, was er wollen könnte«, sage ich. »Ich versuche mir die ganze Zeit vorzustellen, dass er und ich um einen Tisch sitzen mit Bier, und er anfängt zu reden, am Ende noch über Gefühle oder so. Und da hört es auf. Ich kann es mir beim besten Willen nicht vorstellen. Ich weiß auch nicht, was er wollen könnte. Genauso wenig weiß ich, wie wir ein Gespräch führen sollen, das nicht nach einer Minute damit endet, dass einer aufsteht und geht. Immel, du kannst ja moderieren!«

»Lieber nicht. Und Robert können wir derzeit eher auch vergessen. Außerdem hat der als Arzt sowieso enorme Defizite in der Gesprächsführung. Also, Carlos, da musst du alleine durch, wie es aussieht. Aber weiß du was? Du hast immerhin noch die *Möglichkeit,* mit deinem Vater zu sprechen.«

Wir sind bei Springsteens *Independence Day* angekommen.

Well Papa go to bed now, it's getting late.

Verdammte Popmusik, denke ich. Sie kann je nach Tageszeit oder Stimmung so unglaublich bedeutungslos sein – oder sie kann alles erklären.

Independence Day ist mein Lied. Ein Lied von einem Sohn an seinen Vater.

Der Sohn zieht aus und verabschiedet sich. Er scheint ihm zu verzeihen, der Zorn ist verraucht. *Nothing we can say or do can change anything now.*

Ich habe nie erlebt, dass mein Vater die halbe Nacht rauchend in der Küche saß und über sein verkorkstes Leben sinniert hat, wie der Vater in dem Lied. Ich weiß überhaupt nicht, ob er sich irgendwelche Gedanken gemacht hat. Woher sollte ich es auch wissen? Er hat ja nicht mit mir geredet, zumindest nicht über so etwas.

Er war immer ein Schweiger und Grantler, aber in der Zeit nach Einsteins Tod wurde es immer schlimmer. Ich will ihm ja gar nicht absprechen, dass er ihn nicht vermisste. Aber ich war auch noch da, verdammt, und ich hätte ihn gebraucht. Und ein Mann, der einen Hund seinem einzigen Sohn vorzieht, hat ein verfluchtes Problem. Genauso wie sein Sohn.

Wenn er redete, dann über seine Arbeit oder darüber, wie alles zum Teufel ginge. Die Wirtschaft, die Politik, die Jugend von heute. Die emanzipierten Frauen. Das Fernsehen.

Manchmal genügte ein unbedachtes Stichwort, in der Regel von einem nicht Eingeweihten am Tisch, und er legte los. Andere Meinungen oder Gegenargumente interessierten ihn nicht, er empfand sie als Provokation. Gesprächspartner wurden reduziert zu Stichwortgebern, die einen Anlass für seine Tiraden lieferten. Meine Mutter lud manche ihrer Freunde oder Bekannten irgendwann nur noch ein, wenn er nicht da war, um sie nicht vollends zu vergraulen.

Eine Weile habe ich versucht, als Ausdruck jugendlicher Rebellion dagegenzuhalten. Ihn mal aus der Reserve zu locken. Aber es gelang mir nicht. Man konnte mit ihm nicht streiten. Wenn es ihm zu blöd wurde, hat er einfach aufgehört zu reden. Meistens für die nächsten Tage. Und, obwohl er nichts sprach, schaffte er es, mir – und wohl auch oft genug meiner Mutter – das Gefühl zu geben, als wären nur wir Schuld an seiner Pein.

Nach meinem Auszug war ich für eine Weile einfach nur erleichtert, das alles hinter mir lassen zu können. Ich spürte kurzzeitig ein Gefühl der Freiheit. Eine Befreiung von dieser seltsamen Mischung aus Enttäuschung und Distanziertheit, die mein Vater mir vermittelte. Dessen Ansprüchen ich nie gerecht werden konnte, auch, weil ich nicht wusste, was genau diese Ansprüche eigentlich waren.

Er sprach es nur einmal wirklich aus, aber er verpasste keine Gelegenheit, mir zu zeigen, was für eine Enttäuschung ich für ihn war.

Wegen meiner handwerklichen Unbeholfenheit, für die ich so oft angeschrien wurde, dass ich noch heute manchmal, wenn ich ein plattes Fahrrad reparieren will, seine Stimme höre.

Was machst du denn jetzt da?, oder: *So doch nicht, wie oft soll ich das denn noch sagen?*

Und meine Tagträumerei, die heutige Eltern vielleicht als blühende Fantasie bezeichnen würden. Wer spielt schon das Spiel *Bayern München gegen Dukla Prag* mit dem Kommentar von Rolf Kramer im Hof nach? Für ihn war das der Beweis, dass ich ein weltfremder, nichtsnutziger Versager war. Dass ich mich mehr und mehr in die Fantasiewelten von Tolkien oder H. G. Wells stürzte, war für *mich* die Rettung, für *ihn* bestätigte es Tag für Tag, dass er mit seiner Ablehnung recht hatte. Ein Psychologe, ein Familientherapeut hätte das Ganze leicht entschlüsseln können, aber das war in den Achtzigerjahren im Schwarzwald nicht unbedingt eine Möglichkeit.

There was just no way this house could hold the two of us.

Jetzt erwarte ich nichts mehr von ihm. Umso mehr überrascht, verwirrt und beunruhigt mich seine Bitte nach einer Aussprache. Meine leise Ahnung, es könnte eine Art Abrechnung mit sich selbst sein, der Wunsch nach Absolution für seine Fehler, erfüllt mich einerseits mit Freude, macht mir aber auch eine Heidenangst, weil ich nicht weiß, wie ich darauf reagieren sollte. Ihn einfach stehen lassen? Ihn für den Rest seines Lebens für sich selbst bestrafen. Für die vielen Tage, in denen er gar nicht mit mir geredet, es aber trotzdem geschafft hat, mir wortlos seine Verachtung entgegenzuschreien. Wegen irgendeiner Lappalie, eines umgeschütteten Glases, der langen Haare, wegen undeutlicher Aussprache, der nicht bestandenen Fahrprüfung.

Vielleicht geht es aber auch um etwas Handfesteres. Das Erbe? Irgendetwas mit Geld? Eine Grundstücksverpachtung? Ich weiß es nicht. Dies alles wäre mir aber, glaube ich, lieber.

»Wie ging es eigentlich deiner Mutter über all die Jahre mit diesem Mann?«, reißt mich Robert aus meinen Gedanken.

Ich überlege eine Weile.

»Ich weiß es nicht. Ich glaube, die Frauen aus dieser Generation waren unglaublich genügsam. Aber das ist nur eine Theorie, ich habe keine Ahnung. So viel hat sie ja auch nicht geredet. An kleinen Gesten habe ich schon immer gespürt, dass sie wusste, was da abging. Aber offene Konfrontation war einfach keine Option. Das hätte meine Mutter nie gemacht.«

»Ja, da haben wir ja noch eine Gemeinsamkeit«, wirft Immel ein. »Unsere passiven, devoten Mütter.«

»Meine war nie devot«, widerspricht Robert. »Die fand das total geil, Chefarztgattin zu sein. Das war genau ihr Ding. Das Ansehen, die Privilegien. In der Bäckerei bevorzugt behandelt zu werden, *Frau Doktor* hier, *Frau Doktor* da. Die hat dafür alles hingenommen. Zum Beispiel, dass ihr Mann nie da war.«

Ich denke an meine Mutter, die immer eine gütige und irgendwie auch herzliche Frau war. Sie hat Immel von Anfang an bei uns aufgenommen, wenn bei ihm zu Hause alles drunter und drüber ging. Unsere Tür stand für Immel jederzeit offen, und nicht selten nahm er dieses Angebot zu den unterschiedlichsten Tages- und Nachtzeiten an. Dass meine Mutter das einfach gegen den Argwohn meines Vaters durchgesetzt hat, ist eines von mehreren Anzeichen dafür, dass sie offensichtlich ihren Weg gefunden hatte, mit ihrem schwierigen Mann umzugehen. Es gab Bereiche, aus denen er sich raushielt, da führte sie das Regiment. Die Küche natürlich, oder das meiste, was mit der Schule zu tun hatte, zum Beispiel Elternabende und Lehrergespräche. Und es gab einen bestimmten Tonfall, den sie gelegentlich einsetzte, der selbst für meinen Vater Widerspruch unmöglich zu machen schien. Vieles hat sie auch einfach mit einem Satz wie »Mach dir nichts draus, jetzt hat er halt wieder seine fünf Minuten, komm, ich hab ein Eis für dich« aufgelöst.

Viele Frauen dieser Generation scheinen ihre Strategien entwickelt zu haben, wie sie mit diesen kriegs- und nachkriegstraumatisierten, wortkargen, grenzdepressiven Cholerikern leben konnten. Etwa indem sie deren Launen ausglichen, die Stimmung auflockerten, wenn nötig, die Macken und Marotten in den Alltag integrierten und lernten, geeignete Augenblicke für bestimmte Anliegen zu erkennen und zu nutzen. Sie haben die Demütigungen ausgehalten, die Schreianfälle, den Kontrollzwang dieser Männer, die vermutlich ihrerseits schon unter ihren herrschsüchtigen und unbeherrschten Vätern gelitten hatten. Wir sind die erste Generation, die die Möglichkeit hat, diese Tradition zu durchbrechen.

Zumindest theoretisch. *I ain't gonna let them do to me, what they've done to you.*

39

Wir haben die A 5 Richtung Freiburg erreicht. Im Westen brennt der Himmel orangerot. Das Land ist in unwirkliches Licht getaucht. Auf den Feldern sehen wir Mähdrescher und Traktoren, die große Heuballen auf Anhänger laden.

Die Chill-out-MD läuft noch immer. Midlake, Elliot Smith, AC/DC, *Ride on,* deren einzige Ballade, aber dafür umso sensationeller. Ich drehe Pink Floyds *Brain Damage* auf, so laut es geht.

»Schnuckis«, sagt Robert und macht die Musik leiser, »kommt wir trinken noch ein letztes Bier in Freiburg.«

Mist, denke ich, jetzt war ich gerade bereit. Aber gut, wenn Robert noch etwas Zeit schinden will, soll es mir Recht sein.

»Ich dachte, du hast es eilig?«, frage ich.

»Geht so«, sagt Robert.

»Bier!«, sagt Immel.

Robert googelt in seinem Smartphone, ob in Freiburg etwas los ist. Nicht, dass wir allzu viel erwarten würden, zumal an einem Sonntagabend. Im Jazzhaus spielen doch tatsächlich Giant Sand, die sich jetzt Giant Giant Sand nennen. Wir nicken wohlwollend, als Robert uns darüber in Kenntnis setzt. Immel reicht zum letzten Mal sein Kräuterpfeifchen herum.

Eine Stunde später haben wir gegessen, sitzen in T-Shirts draußen, trinken Bier und rauchen. Ich liebe den Hochsommer. Mir ist angenehm schwindelig von Immels Gras. Vielleicht schlafen meine Eltern schon, wenn ich nach Hause komme. Das wäre mir sehr recht, denke ich. Die Stadt vibriert angenehm. Wir laufen zum Club.

Brian Lopez macht den Auftakt. Er ist gut. Es sind etwa 200 Leute da und es ist schwül in dem alten Gewölbekeller. Man schwitzt herrlich vor sich hin. Die Biere fließen geschmeidig. Brian Lopez kann nicht lächeln, aber er singt wie ein Engel.

Wir gehen raus zum Rauchen. Teilweise bekannte, gealterte Gesichter.

Dann die Hauptband. Zehn Leute auf der Bühne. Howe Gelb wirkt erleuchtet. Die Stimmung steigt kontinuierlich. Ich habe Gänsehaut. *What a strange trip it's been.* Mir geht es besser als vor Beginn der Fahrt. Ich fühle mich bereit für meinen Vater. Ich beobachte die Musiker und gelange in einen Zustand der Seligkeit. Berauscht. Entzückt. Robert und Immel flippen irgendwo vorne rum.

Vor mir steht eine sehr große Frau mit rückenfreiem Oberteil. Sie ist wunderschön. Ich schaue ihr zu, wie sie sich bewegt. Ich blicke nach unten. Minirock und Stiefel. Ihr Oberteil wird durch ein Band im Nacken gehalten. Ich schaue ihr minutenlang auf den Rücken. Sie bewegt sich schön. Einem grotesken Impuls folgend, küsse ich sie auf die Schulter. Es gibt keine Erklärung dafür. Ich erkenne mich selbst nicht. Sie blickt mich überrascht-entsetzt an. Ich mache eine entschuldigende Geste. Sie weiß nicht recht. Sie lächelt, glaube ich. Howe Gelb lächelt auch. Ich weiß nicht über was. Vielleicht darüber, dass er auf seine alten Tage noch mal so eine tolle Musik mit so einer tollen Band macht. Richtig so. Lächle, Howe, lächle! Die Frau blickt sich nach mir um. Ich bedeute ihr, mir zu folgen. Ich schwebe durch den Club. Ich drehe mich nicht um, so sicher bin ich, dass sie hinter mir ist. Ich bin jetzt Robert. Für kurze Zeit weiß ich, wie der das mit den Frauen macht. Die Band verbreitet so eine gute Laune. Melancholische Lebenslust. Vorfreudig stelle ich mir Dinge mit der Rückenfrau vor. Sex im Stehen auf dem Klo. Oder in der Menge, während wir auf die Bühne schauen. Ich hebe unauffällig ihren Rock hoch, sie drückt sich an mich. Wir bewegen uns zur Musik. Wüstenhitze ...

Ich erreiche die Bar und drehe mich um. Sie ist mir natürlich nicht gefolgt. Ich sehe sie nirgends. Ich Narr. *Das Leben ist nur ein wandelnd Schattenbild.* Immel stellt sich neben mich. Ich drücke meinen Kopf an seine Schulter. Er streichelt mir den Hinterkopf. Guter alter Immel.

»Wenn der Weisbrod sich wirklich meldet«, schreit er mir ins Ohr, »zieh ich das durch. Wenn da wirklich was geht, bin ich dabei. Ich verkauf sogar meine Seele, wenn es sein muss.«

Ich küsse Immel auf die Stirn und schüttle ihn kurz.

»Soweit muss es ja vielleicht gar nicht kommen«, sage ich und steuere Richtung Merchandising-Stand, wo ich den Verkäufer auf Englisch anspreche. Er entpuppt sich als Österreicher, aber das ist mir egal, ich kann jetzt meine Sprache nicht mehr umstellen. Ich kaufe mir eine Mütze, ein T-Shirt und eine CD. Auf Englisch.

Ich schreie und pfeife Zugabe. Ich bin betrunken. Was für ein schönes, unerwartetes Geschenk dieser Abend ist.

Als das Konzert vorbei ist, bedanken wir uns bei den vorbeischlendernden Musikanten: Sie bedanken sich schüchtern zurück.

Ich hole mir ein Autogramm vom Meister und danke auch ihm überschwänglich, indem ich ihm entgegenbrülle, dass das eines der tollsten Konzerte war, das ich je gesehen habe.

Er grinst spöttisch und sagt: »*Whatever you say, man.*«

Egal. Alles egal.

Plötzlich schreit mich jemand an. Mit Namen. Ich drehe mich um. Da stehen zwei Männer. Sie sehen aus wie Leute, die ich mal kannte, nur älter. Ich schreie zurück.

»Scheiße Mann, Arjun, bist du braun, warst du im Urlaub?«

»Großmann, du Arsch, ich bin Inder.«

Da stehen tatsächlich Arjun und Conner, zwei alte Kumpels von früher. Der Inderwitz ist mir komplett rausgerutscht. Das war unser Running Gag, jahrelang. Immer der gleiche Ablauf. Frage, Antwort. Arjun und ich umarmen uns.

»Conner, alte Rübennase, wo kommst du denn her? Aus Rübennasenhausen?« Der Anblick der Jugendkameraden verursacht eine spontane Regression.

»Großmann, du Fucker, und was machst du hier?«

Conner und Arjun kommen aus dem gleichen Dorf wie Immel und ich. Mit 16, 17, 18 haben wir viel Zeit miteinander verbracht, Zelten auf dem Wasserreservoir, absurde Fahrten an den Lago Maggiore – einmal nur zum Frühstücken, um zwölf Uhr mittags waren wir wieder zu Hause.

Immel kommt dazu.

»Das gibt es doch nicht. Der Arjun und der Conner. Euch habe ich ja gar nicht vermisst!«

Wir umarmen uns.

»Na, ihr Arschproleten, was verschlägt euch mal wieder in die geliebte Heimat?«

»Wir bringen die Band wieder zusammen«, sage ich.

»Haha, ewig nicht gesehen, müsste man mal wieder machen«, sagt Conner.

»Jetzt aber kein Gelaber über Achtziger-Serien und Titelmelodien und so«, sagt Immel. »Da sind wir jetzt drüber hinaus, gell?«

»Ihr seid ja immer noch so bescheuerte Deppen wie früher«, sagt Arjun. »Immer cooler sein wollen als alle anderen.«

»In jedem Rudel gibt es eine Hierarchie«, sagt Immel. »Ohne uns hättet ihr doch nie was geschnallt. Ward ihr eigentlich auch beim Konzert, oder was macht ihr hier?«

»Was für ein Konzert?«, fragt Arjun.

»Seht ihr!«, schreit Immel. »Keine Ahnung, keinen Geschmack. Hört ihr immer noch so Scheißmusik, oder was?«

»Die hören gar keine Musik mehr«, sage ich. »Die sind verheiratet und haben Kinder. Die hören jetzt Mainstreamradio im Auto und manchmal rufen sie dort an und schreien ins Telefon, wie geil sie die Musik und die Events finden.«

Immel imitiert so einen Anrufer und schreit plötzlich wie am Spieß: »Supergeile Stimmung hier bei dem Event, supernette Leute hier. Alles super hier! Superstimmung! Euer Sender ist sooo super! Alles s-u-p-e-r-c-o-o-l-e Leute hier! A-l-l-e!«

»Ihr seid solche Pimmel«, sagt Conner. »Gehen wir jetzt noch was trinken, oder seid ihr erschöpft vom Immer-cool-sein-Müssen in der Großstadt, Latte Macchiato trinken den ganzen Tag, Projektideen haben und Sachen andenken und so?«

»Sapperlot, Conner«, sagt Immel. »Du bist ja richtig eloquent, hast du dir endlich deine Medikamente mal einstellen lassen?«

»Kommt jetzt, ihr Schnullis«, sage ich. »Wir gehen. Wo ist eigentlich unser Chefarzt?«

Tatsächlich: Von Robert ist schon länger nichts mehr zu sehen gewesen. Wir blicken uns um.

Er redet natürlich mit einer Frau. Sie lehnt an der Wand und lächelt ihn an. Es ist die Rückenfrau. Das darf nicht wahr sein. Wir gehen hin. Ist das peinlich.

»Ah, der *Back Door Man*«, sagt Robert.

»Du kannst auch nichts für dich behalten«, sage ich zu ihr.

Sie lacht. »Na, so was ist mir halt noch nie passiert. Da muss man ja mit jemandem drüber reden, bevor das zum Trauma wird.«

Ich lache zurück. Sie ist toll. Sie gibt mir die Hand.

»Andrea.«

»Paul, sehr erfreut.« Ich räuspere mich.

Immel schaut fragend herum. »Wieso *Back Door Man?* Wisst ihr eigentlich, was das heißt?«

»Immel!«, sage ich empört, bevor er mit weiteren Ausführungen zu dieser Bluesmetapher glänzen kann.

»Das ist Immel«, sagt Robert. »Er wurde in einer Sekte groß und hat seine Therapie abgebrochen. Sei nachsichtig mit ihm.«

Sie grinst und gibt Immel die Hand.

»Schönste Gebieterin«, sagt er. »Glückselig ist der Tag, welcher durch das glutbeflammte Karfunkelrad der hellen Sonnen mich mit tausend süßen Strahlen begossen hat, als ich in dem tiefen Meere meiner Unwürdigkeit die köstliche Perle Ihrer Tugend in der Muschel Ihrer Bekanntschaft gefunden.«

Andrea lacht sehr sympathisch.

Ich starre Immel an. Wo nimmt er das nur alles her?

»Was ist jetzt, ihr Luden?«, schreit Conner.

»Kommst du mit?«, fragt Robert Andrea.

»Ich habe noch Leute da unten. Wo geht ihr hin? Vielleicht kommen wir nach.« Sie schaut Robert an. Sie tauschen Handynummern. Was macht Robert denn da? Unterschätze nie die Macht der Verdrängung, denke ich. Aus welchem Film ist das noch mal? Ich habe kurz ein ungutes Gefühl, was Robert betrifft.

»So, ihr Labertaschen«, schreit Arjun und klopft mir auf die Schulter, dass ich fast das Gleichgewicht verliere. »Jetzt lassen wir es mal richtig krachen. Jetzt zeigen wir euch mal, wie man feiert im Schwarzwald, ihr Milchaufschäumer!«

40

Wir gehen in ein Irish Pub und bestellen Guinness im großen Stil.

»So, jetzt mal hoch die Tassen, die Damen«, sagt Conner. »Wirklich schön, dass ihr euch mal wieder die Ehre gebt.«

»Und ihr so?«, frage ich.

»Na was wohl?«, sagt Arjun. »Arbeiten und die Kinder großziehen und am Wochenende gepflegt ablitern, viel mehr geht nicht.«

»Oh Mann«, sagt Immel. »Da haben wir ja richtig was verpasst. Wenn wir das gewusst hätten, wären wir hier doch nie weg.«

»Jetzt tut doch nicht so«, sagt Conner. »Ihr macht doch eigentlich auch nichts anderes, nur dass ihr halt mehr rumlabert und euch wichtiger vorkommt und zu viel Club-Mate trinkt und mit albernen Umhängetaschen rumlauft.«

»Ah«, macht Immel zu Arjun und Conner, »wir sind schon froh, mal wieder zurück im Hierarchiekeller zu sein. Das ist wichtig, damit man nicht abhebt.«

»Sag mal, Paul«, sagt Robert, »ist das da drüben nicht ...! Das ist sie doch, oder?«

Ich blicke zum Nebentisch und spüre, wie mir eine unsichtbare Faust in den Magen schlägt. Da sitzt Nina. Nina *Heartbreaker.* Was war ich verliebt in diese Frau. Aber es war eine ungesunde Liebe, zumindest für mich. Es war eine dieser Beziehungen, in der der eine mehr liebt als der andere. Vielleicht ist das ja aber immer so. Und der, der mehr liebt, macht sich regelmäßig zum Narren, weil er nicht so cool sein kann, wie er es sein müsste, weil er zu viel klammert und damit alles nur noch schlimmer macht. Nachdem Nina zum zweiten Mal mit mir Schluss machte – beim ersten Mal hatte ich es noch irgendwie geschafft, annähernd die Contenance zu bewahren – brachen alle Dämme. Ich konnte nicht mehr schlafen, konnte nicht mehr alleine sein, habe ihr aufgelauert, sie mit nächtlichen Anrufen terrorisiert und mich an ihre Freundinnen rangemacht. Ein Gedanke, bei dem mir heute noch schlecht vor lauter Fremdschämen wird, nur dass ich es ja selber war.

Dass in diesem dramatischen Sommer auch noch Deutschland bei der WM in den USA kläglich gegen Bulgarien ausschied, fiel kaum noch ins Gewicht. Ich war sowieso schon ein Zombie.

Sie zog bald darauf nach Hamburg und wir haben uns seither nur noch ein oder zwei Male gesehen. Einmal habe ich sie noch besucht, bevor ich Alex kennenlernte. Aber selbst dort habe ich mich, zwei Jahre später, aufs Neue zum Horst gemacht. Ich glaube, die meisten Menschen haben jemanden aus ihrer Vergangenheit, der immer herhalten muss, wenn es in der aktuellen Beziehung nicht gut läuft. Als Ideal, als Sehnsuchtspartner, von dem man immer glaubt, mit ihm oder ihr wäre alles viel besser. Lange Zeit war das für mich Nina. Und jetzt sitzt sie hier, ausgerechnet heute, am Ende dieses Trips. Das kann eigentlich gar nicht wahr sein.

Ich schaue Robert und Immel an. Beide blicken mit hochgezogenen Brauen zurück. Immel lässt langsam Zigarettenrauch raus und grinst.

»Na, Butzele, das passt doch alles. Du musst das wie eine mythische Reise sehen. Odysseus, Parzival, Abraham, Indiana Jones. Das sind alles Prüfungen. Und nur der bußfertige Mann wird bestehen.«

Also gut. Ich schaue rüber, bis sie mich bemerkt. Sie strahlt mich an. Ich gehe hin. Sie sitzt mit zwei Freundinnen zusammen. Sie steht auf und wir umarmen und küssen uns.

»Du hier?«, frage ich, und wir müssen lachen über diese Quatschfrage.

»Und du erst«, sagt sie.

Sie stellt mich ihren Begleiterinnen als einen alten Freund vor. Ich blicke zum Herrentisch, von wo aus man mir dümmlich grinsend zuprostet.

Wir tauschen kurz die nötigsten Fakten aus unseren Biografien aus. Sie wohnt seit einiger Zeit wieder in Freiburg. In Hamburg hat sie Tanz und Gesang studiert, war in Musicals aufgetreten und ist am Ende als Tänzerin und Sängerin auf Kreuzfahrtschiffen um die Welt gefahren. Nun will sie doch noch etwas Handfestes versuchen und Lehrerin werden.

Wir verbleiben damit, dass wir uns über die weiteren abendlichen Vorhaben informieren wollen und ich gehe wieder zu den Jungs zurück.

»So!«, sagt Conner bestimmt. »Weiter gehts.«

Als nächstes schlagen wir in einer Cocktailbar auf. Schon wieder Cocktails. Robert hat inzwischen Andrea in Kenntnis über unseren Aufenthaltsort gesetzt und auch Nina und ihre Freundinnen haben ihr baldiges Kommen zugesichert.

Ich denke an den *Dude* und bestelle einen *White Russian.* Ich beschließe, den Rest des Abends bei diesem erfrischenden Getränk zu bleiben.

In dem Lokal ist es heiß, stickig und völlig überfüllt. Wildfremde Körper stoßen aneinander. Die Jungs, die sich um einen dieser Bistro-Stehtische versammelt haben, wechseln fiese Fruchtcocktails mit Tequila-Shots ab. Das kann nur böse enden.

»Paul, mach mit!«, schreit Arjun, als ich mein Glas durch die Menge balanciere.

Ich winke ab.

Die Jungs sind inzwischen bei alten Geschichten aus der Jugend angekommen.

Nina und ihre Freundinnen entern den Saal und steuern direkt auf unseren Tisch zu.

»Nina, alter *Maneater*«, sagt Immel. »Was wollt ihr trinken?«

Sie grinst ihn frech an. »Dreimal *Sex on the Beach* und bestell dir doch einen Obstler mit!«

»Immer langsam, Frau Studienrat. Kann man denn schon zur Verbeamtung auf Lebenszeit gratulieren, oder dauert es noch ein paar Semester?«

»Darfst du überhaupt so lange aus Berlin weg?«, kontert sie. »Du musst doch jederzeit fürs Arbeitsamt abkömmlich sein! Oder sagt man jetzt *Jobcenter?* Ich kenne mich da nicht so aus.«

»Oho, für ein Go-go-Girl bist du in der Tat ganz schön fix in der Birne. Aber: *The times they are a-changin'*. Du hast Wesentliches verpasst.«

Sie blickt ihn fragend an.

»Aber mal was anderes«, sagt Immel. »Weiß du noch, was ich dir damals vorhergesagt habe? Damals, du weißt schon wann.«

Obwohl er mir den Rücken zudreht, kann ich jedes Wort verstehen. Ich habe keine Ahnung, wovon er redet. Was soll das?

Nina blickt ihn ernst an und nickt.

»Und?«

Sie blickt zu Boden und lächelt ihn auf eine Art an, dass ich sofort wieder weiß, warum ich ihr so verfallen war.

»Du hattest recht.«

Sie schaut über seine Schulter und ihr Blick trifft mich. Ein Schauer jagt mir über den Rücken.

»Dachte ich mir.« Immel dreht sich um und grinst mich an.

»Was jetzt?«, frage ich.

Er nickt mir lächelnd zu und legt mir eine Hand auf die Schulter wie ein Vater seinem Sohn.

»Was ist, ihr Schüttler«, schreit er unvermittelt die Jungs an, die sich gerade über Fußball oder so unterhalten, »sind wir zum Spaß hier oder was? Prost.«

Andrea und ihre Spießgesellen laufen ein. Großes Hallo allenthalben. Ich habe meine Lektion gelernt und bestelle hin und wieder ein Glas Wasser. Ich sehe mich um. Robert und Andrea unterhalten sich mit einer Intensität, die mich wieder einmal staunen macht. Sie lacht. Wirft den Kopf zurück. Fährt sich durchs Haar.

Früher habe ich Robert immer bewundert für sein gutes Aussehen und seinen Erfolg bei Frauen. Aber das jetzt ist armselig und unnötig. Unpassend angesichts der Nachrichten der letzten Tage.

Plötzlich steht Nina neben mir.

Sie schaut mich sehr seltsam an. Zu lange irgendwie. Was will sie mir sagen? Sie legt ihren Kopf auf meine Schulter.

»Es gibt nichts, was ich so sehr bereue, wie dich verloren zu haben.«

Die Falltür öffnet sich wieder. Wo ist Frau Bold? Dieser Trip ist so surreal. Ich muss an die Szene in *Trainspotting* denken, in der Ewan McGregor in die Kloschüssel taucht.

»Immel hat mir das damals prophezeit.« Sie nimmt einen Schluck aus ihrem Glas. »Und das Beste ist: Ich wusste damals schon, dass er recht behalten würde.«

Ich fange an zu lachen. Guter, alter Immel. Ich bin gerührt. An ihren Taten sollt ihr sie erkennen, da hat Robert wirklich recht gehabt.

Sie schaut mich an und lacht auch, aber etwas unsicher. Das reicht mir schon. Ich hatte immer einige Bedenken, was ein Wiedersehen mit ihr anging. Ich wusste nicht, wie gefährdet ich vielleicht noch war, wie leicht entflammbar. Trotz allem. Aber ich merke: Ich bin für alle Zeiten geheilt. Mich verarscht man nicht. Nicht mehr zumindest. Dank ihr und meinem Vater habe ich ein Narbenherz, und das ist schließlich zu etwas gut, denke ich. Der Schmerz ist der beste Lehrer des Menschen. Unter seinem Hauch entfalten sich die Seelen. Na ja, etwas weniger Schmerz hätte es auch getan, verdammt. Alles dreht sich. Sie schaut mich immer noch an. Ich nehme ihr Kinn leicht zwischen meine Finger, blicke sie an, lächle leicht, denke an Paul Newman und sage: nichts.

Plötzlich spüre ich einen äußerst schmerzhaften Schlag gegen den Hinterkopf. Ich drehe mich um und sehe einen

Tumult. Weit aufgerissene Augen im Rund. Immel und ein Typ im Handgemenge. Geschrei. Robert, der sich von Andrea losmacht und hinzustürmt. Ich betaste die Stelle an meinem Kopf. Ich habe Blut an meinen Fingern und sehe, dass es ein verdammtes Schnapsglas war. Wieso schmeißt mir jemand ein Schnapsglas an den Kopf?

Die Barkeeper werfen sich ins Getümmel. Nina reicht mir einen Eiswürfel. Ich setze mich auf einen Barhocker und sehe dem Treiben zu, als ginge mich das alles gar nichts an – wie einen Film. Ein Bodybuilder-Typ hat Immel im Schwitzkasten. Robert schlägt auf ihn ein, aber es sieht irgendwie albern aus. Ein anderer Adonis mit Sonnenbrandstiernacken, fies gegelter Hochstehfrisur und Karohemd mit Schreibschriftaufdruck quer über der Schulter schnappt sich Robert von hinten. Arjun und Conner gehen dazwischen. Ich erinnere mich, dass Arjun auf den Fußballplätzen gefürchtet war wie kaum jemand sonst. Ein Wahnsinniger. Meister des gepflegten Begrüßungsfouls und Verursacher etlicher Handgemenge. Mehr stämmige Burschen aus dem Umland wollen mitmischen. Gläser fallen zu Boden. Früher begann der Tag mit einer Schusswunde, heute endet er mit einer Schlägerei.

Menschen versuchen halbherzig, die Kämpfenden auseinanderzubringen. Ich trinke von meinem *White Russian,* beuge mich zu Nina und küsse sie auf die Stirn. Ich glaube, ich bin ein Zen-Meister. Ich bin der Typ mit dem weißen Bart aus *Kill Bill,* der Uma Thurman ausbildet. Wo ist mein

Hattori-Hanzō-Schwert? Dann beende ich das hier mal schnell! Die Barkeeper schmeißen Immel, Robert, Arjun, Conner und drei oder vier Bodybuilder raus. Ich stolziere mit meinem *White Russian* hinterher wie Roger Moore in *Die Zwei.* Ich tippe einem der Dolph Lundgrens auf die Schulter.

»Verzeihung, guter Mann«, beginne ich, aber weit komme ich nicht, denn er schlägt mir mitten ins Gesicht und ich kippe nach hinten. Blut läuft mir aus der Nase. Ich blute jetzt aus zwei Wunden. Es ist schön heimzukehren.

Immer mehr Menschen strömen nach draußen, um sich das anzusehen.

»Mensch Paul, was machst du denn?« Nina beugt sich über mich.

Der Konflikt scheint abzuebben, die Dolphs ziehen ab, Immel steht vornüber gebeugt und pumpt.

»Ich will nicht ohne Narben sterben«, ruft er in die Nacht. Einige Schaulustige lachen.

Conner geht zu Immel.

»Mensch Immel, danke Mann, ich wusste gar nicht ...«

»Schon okay, ich bin das gewöhnt«, sagt er. »Immer wenn ich meine, ich bin fast draußen, kommen sie ... und ziehen mich wieder rein.«

Ich muss lachen. Immel ist unglaublich, der zitiert sicher auch auf dem Sterbebett noch aus einem Film. Man hilft mir auf. Die Leute gehen wieder rein. Es stellt sich heraus, dass das Ganze eine alte Geschichte zwischen Conner und Dolph war und Immel einfach irgendwas dazwischen geblökt hat. Zeit zu gehen. Besser wird es nicht mehr. Ich gehe zu Nina, schaue sie an und küsse sie auf den Mund. Immel und ich sehen uns um. Wo ist Robert?

41

Wir stehen noch eine Weile herum. Ich bin mir fast sicher, dass wir unseren ersten Verlust zu beklagen haben. Einige Minuten später bekomme ich eine SMS von Robert:

> Bin mit Andrea gegangen. Fahrt ohne mich. Ich will meine Eltern jetzt nicht sehen. I love you two maniacs! Alles Gute für morgen, Paul. Wir sehen uns in Berlin.

Ich halte Immel mein Handy hin. Der verdreht die Augen und schüttelt den Kopf.

»Was für ein Penner«, sagt er leise.

Oh Mann, Robert, denke ich. Was ist bloß mit dir los, du verdammter Feigling? Hast du Angst, dass dein Vater dich zur Rede stellt, wie du deinen Job so aufs Spiel setzen kannst? Oder, dass er dich davon abhält, dich um deinen Sohn zu kümmern? Oder um das Baby in Kathrins Bauch? Wer hätte vor 25 Jahren gedacht, dass du dich mal als der Schwächste von uns dreien entpuppen würdest!

»Conner, kann ich bei dir pennen?«, fragt Immel, noch ehe ich das Problem erkannt habe, dass er gerade seine Übernachtungsmöglichkeit verloren hat.

»Klar, Immel.«

Immel nimmt mich in den Arm.

»Adios, muchacho. Alles Gute morgen. Ich melde mich am Nachmittag, dann sehen wir weiter, okay?«

»Immel, Baby!«, sage ich und drücke ihn fest an mich.

Ich laufe alleine zum Auto zurück.

Ich bin betrunken, aber es ist mir egal. Ich kann zur Not auch eine Weile ohne Führerschein leben. Mein Kopf schmerzt, meine Nase pocht. Ich habe den Geschmack von Blut im Mund. Ich fahre aus Freiburg raus, das Höllental hoch. Was für ein Name. Den Rest der Strecke jetzt also alleine. Das passt. Am Ende muss man doch immer alleine durch.

Giant Sand läuft. Ich skippe vor bis zum von Brian Lopez gesungenen *Love Comes Over You.* Ich lächle in die Nacht hinaus.

Ich denke an Alex und ein unglaublich warmes Gefühl durchströmt mich. In einem Film würde man sie jetzt im Gegenlicht in leichter Zeitlupe zeigen. Ich vermisse sie unendlich. Und Greta und Anouk. Ich freue mich auf sie.

Alles ist gut. Ich bin frei. Bisher hatte mein Leben eher mich in der Hand. Jetzt drehe ich den Spieß um.

Ich passiere das Ortsschild. Diese so vertraute Gegend. Wie oft bin ich hier mit dem Rad oder später mit dem Auto nachts von irgendwoher zurückgefahren.

Nicht selten in ähnlichem Zustand wie jetzt. Es sieht alles kleiner aus als früher, aber sonst unverändert. Dort steht mein Elternhaus.

Ich halte am Dorfbrunnen an und steige aus. Ich atme die vertraute Luft ein, dann wasche ich das Blut von meinem Gesicht. Ich ziehe mein blutverschmiertes T-Shirt aus und hole ein frisches aus meiner Tasche. Ich rieche unter meinen Achseln. Geht noch.

Ich fahre die letzten Meter zum Haus. Ob meine Mutter noch wach liegt und auf mich wartet wie früher? Oft habe ich mich nachts reingeschlichen, um niemanden zu wecken, was Unsinn war, denn meine Mutter lag sowieso oft wach, bis sie den Schlüssel im Schloss hörte.

Ich schaue zum Sternenhimmel hoch. Ich bin wieder nüchtern und bereit. Ich denke an Springsteens *My Father's House,* sein Versuch der Versöhnung mit dem Vater: *The things that pulled us apart, will never again, sir, tear us from each other's hearts.* Das so oft als trostlos und feindselig beschriebene Elternhaus wird als Schutz und Frieden verheißender Ort beschrieben: *My father's house stood shining hard and bright ... like a beacon in the night ... I could see its windows shining in light.*

Der Erzähler versucht, durch die feindliche Außenwelt nach Hause zu gelangen. *I was trying to make it home, through the forest before darkness falls.* Er hofft, den Vater in dem Haus vorzufinden, um sich mit ihm auszusöhnen. Doch als er ankommt, öffnet eine fremde Frau die Türe: *I'm sorry son, but no one by that name lives here anymore.* Die Verheißung war nur ein Traum gewesen.

Ich dagegen stehe jetzt hier. Und mir bleibt noch ein wenig Zeit. Es ist noch nicht zu spät.

Ich steige die Treppe hoch und stecke den Schlüssel ins Schloss.

Leise ziehe ich meine Schuhe aus. Ich gehe aufs untere Klo. Das Gästeklo, auf dem fast nie Gäste waren, und wasche mir noch mal die Hände und das Gesicht. Ich will oben nicht ins Bad, weil ich befürchte, meine Mutter könnte davon aufwachen.

Mit meiner Tasche in der Hand schleiche ich die Holztreppe nach oben, aber die Stufen knarzen und ächzen von meinem Gewicht.

Oben steuere ich auf mein altes Zimmer zu. Der Geruch im Haus macht mich fertig. Nur dieses Haus riecht so. Ich schließe meine Zimmertür, werfe die Tasche auf den Boden und setze mich aufs Bett. Meine Eltern hatten nie eine weitere Verwendung für dieses Zimmer. Mein Vater hat seinen Keller und meine Mutter wollte es immer so lassen, damit ich mich wohlfühle, wenn ich sie besuchen käme. Was aber nicht allzu oft der Fall war.

Über meinem Bett hängt noch ein Filmplakat von *Der Wüstenplanet.* Es hängt da, seit ich 15 war. Daneben ein paar Konzertkarten aus meiner Jugend. An den anderen Wänden vergrößerte Fotos von mir, Robert und Immel mit 18 am Lago Maggiore. Ein Springsteen-Plakat aus den Achtzigern, ein Filmplakat von *The Godfather,* die Urkunde vom Schreibwettbewerb, ein Schreibtisch, den ich deutlich größer in Erinnerung hatte, ein Bücherregal mit ein paar übriggebliebenen Fantasy-Büchern und Bestsellern von Stephen King. Und schließlich ein Borussia-Mönchengladbach-Wimpel aus den Achtzigern. Kein gewonnener Titel mehr dazugekommen, denke ich wehmütig, außer diesem albernen DFB-Pokalsieg irgendwann in den düsteren Neunzigern.

Ich blicke zur Tür und erschrecke kurz. Meine Mutter steht im Türrahmen und lächelt mich an.

»Schön, dass du da bist.«

»Ich wollte dich nicht wecken, tut mir leid.«

Ich stehe auf und nehme sie in den Arm.

»Hast du nicht.«

42

»Sag deinem Vater Guten Tag«, sagt meine Mutter, als ich gegen zehn am nächsten Vormittag ziemlich nervös die Treppe hinunterkomme. Sie führt mich ins Wohnzimmer. Er sitzt am Fenster in seinem Sessel und blickt mich ausdruckslos an. Draußen scheint die Sonne. Im Sonnenlicht, das durch die große Fensterscheibe fällt, tanzt der Staub. Mein Herz klopft wie verrückt. Ich bleibe in der Tür stehen und blicke zu meiner Mutter, die mir zunickt und mich mit einer Handbewegung einlädt, zu ihm zu gehen.

Ich laufe durchs Zimmer. Mein Vater rührt sich nicht. Er sieht schlecht aus. Seine rechte Hand zittert leicht. Sein Mund ist leicht schief. Sein Blick leer.

Ich sehe meine Mutter an, die schon neben mir steht.

Sie nickt wieder.

»Wann ist das passiert?«, frage ich.

»Vor sechs Wochen.«

»Und was ist mit ihm?«

»Schlaganfall. Er spricht nichts mehr. Reagiert kaum noch. Ich füttere ihn. Zweimal am Tag kommt ein Pfleger und hilft mir, ihn zu waschen.«

»Warum hast du mir denn nichts gesagt?«

Sie sagt nichts und schaut ihren Mann an.

»Mama?«

»Wärst du denn gekommen?«

Ich denke darüber nach. Vermutlich nicht. Ich hätte zu viel zu tun und keine Lust gehabt, den weiten Weg auf mich zu nehmen.

»Es kann jeden Tag vorbei sein. Ich wollte, dass du ihn noch einmal siehst.«

Meine Zähne tun mir weh, so sehr presse ich die Kiefer aufeinander.

»Ich wollte, dass du deinen Frieden mit ihm machst.«

Ich sacke in mich zusammen. Meine Verkrampfung löst sich. Ich fahre mir durch die Haare.

Mein Vater blickt mich an. Das glaube ich zumindest, genau kann ich es nicht sagen.

Ich nehme seine Hand und erwarte irgendeine Reaktion, dass er meine Hand leicht drückt, oder so. Vielleicht tut er das auch, ich bin nicht sicher. Ich knie mich vor den Sessel und fange an zu weinen. Ich weiß nicht, wann ich das letzte Mal so geweint habe. Als Kind, als er meinen Lieblingshasen geschlachtet hat vielleicht. Und er als Einziger davon gegessen hat und meine Mutter und ich mussten zuschauen. Ich höre, wie meine Mutter das Zimmer verlässt und die Tür schließt.

Well Papa go to bed now, it's getting late ... So say goodbye, it's Independence Day.

DANKE

Klaus Biehler, Roswitha Esther, Jess Jochimsen, Tobias Schwab, Kirsten Loose, Sibylle Steinweg und dem Buchladen in der Rainhofscheune in Kirchzarten-Burg, Karin Jesske und dem Babeuf in Freiburg, allen bei CONBOOK, Anne, Britt, Dominikus, Heidi, Irene, Tina, Zoë

Und: Kai Gathemann

Lesen Sie alles über den weltweiten Ausnahmeumstand

Wussten Sie, dass in Mali Männer ihren Frauen unmittelbar vor dem Zeugungsakt von den Vorfahren erzählen? Dass schwangere Filippinas sich über die werdenden Väter rollen, um die Morgenübelkeit auf diese zu übertragen? Und dass Säuglinge auf Bali ganze sechs Monate lang nicht den Boden berühren dürfen und folglich ständig getragen werden?

Aber auch in heimischen Gefilden geht's skurril zu – etwa, wenn Friesen Gummistiefel tragen, um einen Seemann zu zeugen, oder Niederbayern zu Büchsenmachern werden, weil sie ein Mädchen zur Welt bringen. Und wenn Deutschland Fußball-Weltmeister wird, wird auch im Bett gejubelt – was neun Monate später einen regelrechten Baby-Boom auslöst.

In diesem Buch sind die verrücktesten Babybräuche unserer Breiten und der ganzen Welt versammelt. Von Java bis Ghana, von Schottland bis Spanien, vom Allgäu bis Ostfriesland entdecken Sie, dass es zwischen Zeugung und erstem Geburtstag auch anders zugehen kann als in Ihrer Familie und bei Ihren Freunden.

Sammeln Sie Inspiration, ahmen Sie fleißig nach und beflügeln Sie Ihre Freunde mit lustigen Geschichten und tollen Ideen rund um Ihren persönlichen Nabel der Welt.

Nadine Luck

Die Nabel der Welt
Die verrücktesten Bräuche rund ums Babymachen, -kriegen und -haben

ISBN 978-3-943176-93-3

CONBOOK
www.conbook-verlag.de